나랑 하고 시픈게 뭐에여?

나랑 하고 시픈게 뭐에여?

최재원 시집

민음의 시 **294**

민음사

여러분 나는 것은 마법이 아니에요.
나는 것은 걷는 것과 비슷합니다.
여러분은 다들 어디에서 왔나요?

(흘끗 옆을 보았다. 눈이 웃고 있다.)

자, 이제 시작해 볼까요?

(계속)

2021년 12월
최재원

차례

3부 연착

5부 이동 중

1부
해마다 모른다

모 조

보닛 위에 날개 한쪽
순순히 올려놓고 너는
온 데
간 데

걷 기

발아래 시체가 가득하다
땅만 보고 걷지 않았으면
알아챌 일도 없을 텐데

차

차를 영영 사지 말아야겠다
돈도 없거니와
얼마나 더 많은 것들을 밟고도

모를 것인가

신 선

그 속에는 형광 개구리도 있고
하늘색 물잠자리도 있고 풀색 여치도 있고
온갖 젖어 살아 있는 것들이 기어 나온다
젖은 주황색 젖은 연두색 젖은 하늘색 위에
젖은 까만 점과 젖은 줄무늬

젖은 그런 것들이 뭐라고
눈이 시리다
젖은 그런 것들이 뭐라고

그런 것들을 나무껍질 같은 그런 껍데기 속에 기어코
가둬 놓고
한밤중에도 그렇게 소리가 되었느냐
그토록 그토록 그토록 그토록

무심코 뱉어 놓은 내장 깊숙이 박힌 너의 젖은 눈과
젖은 눈이 마주쳐 발을 헛디디었다
모든 것이 젖은 아스팔트 바닥으로 흘러내리고 있었다

때

새파란 소리가
집 앞에 가득 쌓여
문을 열지 못할 때가 되면
여름이 간다 새로운 여름이 온다

붉어진 소리가
홀로 달빛에 매달려
산더미가 흩어진 줄도 모르면
올해가 간다 갈 줄도 모르고

고장

고장 난 매미가 첫 번째 나무에 달려 있다
두 번째 나무의 고장 난 매미가 조용하다
어제의 매미
지나간 나무의 매미
나무는 지나가고 매미는 끝없이 울다가

저 많은 울음이 저리 저리 가라는 손짓이 되어
작년과 다른 여름 얼음 한 송이가 되어
부화하기도 전에 알에서 미끄러져 나온 올챙이가 되어

고장 난 매미들을 모으며
고장 난 매미들을 고쳐 달라고
아무도 매미를 고쳐 쓸 생각을 않고
떠나간다 내년으로

소 리

수영장 높은 천장에 붙어 있던 커다란 매미가
떨어져 물에 빠진다
우리는 서로를 자꾸 발로 차다가
멀어져 끝나지 않는 레인
우리는 수영장의 온 물을 다 마신다
매미와 나는 커피를 마신다
개구리야 부럽니

소리가 모조리 낙엽이 되어 떨어지면
빛이 없는 가을이 결국 오고야 만다
새로운 소리가 도착하고야 만다

소리는 풀잎이 되어
등을 대고 누운 그녀는 먼지가 되어
먼지 소리 먼지 소리

날 기

지운 하루가 깊어 갈수록
떨어진 몸이 늘어나고
너를 밟지 않기 위해
나는 안간힘을 쓰고
죽음에서 떼어 낸
날개를 달고 날아간다

헤매지 않아도 되는 곳으로
땅만 보지 않아도 되는 곳으로

내장을 밟지 않기 위해
갈 곳이 없어 날아간다

올 해

올해는 아파트 얼굴에 뭉개진 매미의 얼굴이 떠올랐다
떠오르는 것은 언젠가 보았던 매미의 얼굴

올해는 다른 매미들이 도착했다
올해는 다른 새벽이 찾아왔다
올해는 모두가 내년을 볼 수 있을 것 같았다
올해는 꼬리를 만 지렁이들이 아무렇게나 끊어져 있었다
작년과 다른 매미가 귀를 뗄 듯 울었다

올해가 끝나고 내년이 시작되는 매일의 긴 밤 너와 나는
올해도 만나지 못하고 작년을 모르는 매미들만이 가득
하여 피어난다

아 그 소리가 모조리 뜨거운 점토로 짜부라지고 나면
남은 올해를 나는 어떻게 살아갈 것인가

여름에 연보랏빛 무궁화꽃이 핀다는 것을 아니

언제부터인가

나는 길을 잃었다

누가 누구를 어디로 이끄는지 모르면서
올해도 허리를 꼭 붙잡고 기차놀이를 한다

소리
사그라지지 않는 소리

올해가 어린 올해가 되고 작년은 아파트가 되어
전생에 땅에 고이 묻었던 동전을 내년에 꺼내 들어
지금은 이것이 얼마나 무겁습니까 소리 지르며
올해의 유모차는 지하철이 되고 지하철은 다시 유모차가
되어
내년의 무거운 소리는 올해에 와서야 떨어지고
이 밤이 끝나면 잠깐의 새벽이 오겠지

아무도 태어나지 않는 새벽이 오겠지

올해는 다른 연보랏빛 무궁화가 만 담배처럼 떨어졌다

나는 계속 걸어야겠다고 생각했다

복 식

운다고 말하지만
우는 게 아닌걸
힘을 주면서 울 수는 없는걸
울고 싶어도 힘이 잔뜩 들어가 울 수 없네

운다 운다 시끄럽게도 운다
이 울음이 모조리 다 땅으로 떨어지고야 말 것이다

또 다음 울음이 찾아온다는 것이
그들도 날개를 베고 배를 하늘에 내놓은 채
운이 좋다면 떨어진 자리에서
소리를 거둘 수 있다는 것이

이제는 두렵지 않니?

그제야 새로운 울음이 시작된다
울음이 아니야 울음이 아니야
아니야 울음이 그건

거 절

소리가 나무에서 떨어지고
덩어리가 바람이 된다
코안에는 몇 마리의 매미

몇 번의 소리가 다시 땅속에 스며든 것일까
소리가 밀어낸 공기는 다 어디에 도착했나
죽음이야말로 시간을 거절할 수 있는
움직이던 것들이 이렇게 많이 멈추어

소리를 멈춰 죽음이 멈추도록
진동을 멈춰 소리가 멈추도록
박동을 멈춰 진동이 멈추도록

침 묵

칼을 갈았다 소리가 비가 되어 쏟아져 내렸다
몸통은 날개를 뒤집어쓰고 함부로 떨어졌다
땅만 보고 걸었다 행여나 밟을까

인류의 유산이라는 것들이 삐걱거렸다
마스크의 비명이 들렸다

땅에 박혀 버린 무지개를 함부로 밟고 간다
여러 번 깔리고 찢긴 그는 원래
땅에서 태어난 것인 양
한 번도 숨 쉬지 않았던 것인 양
날개를 등으로 깔고 누워
조용히, 조용히 웃고 있다

FULL VOLUME

마침내 그 일이 일어났다
결국 그 일이 일어나고야 말았다

반복해서 찢기고 납작해져
낙엽과 구분되지 않는 것도 밟지 않으려고
여름 내내 땅만 보고 다녔는데
타악 타악 날다가 갓 떨어진
몇 번의 소리와
몇 번의 날갯짓이 그 안에
아직 남아 있을
풀 볼륨의 그 녀석을
그서석버서석콰직쿠지직끼약꽥콰지지직
너무 놀라 그 자리에서 우리의
몸이 뒤바뀌고 말았다
저……

여기부터는 뒤바뀐 그들이 남긴 말

가장 아름다운 소년

버스 기사
카아드으 맨날 안 가지고 타시는데 무슨 이유라도 있습
니꺼?

버스 출발하고
비닐에 든 것이 쾅 넘어진다
지팡이 탁 떨어진다

앉으시소 출발합니더 일어나면 안 됩니더 앉으시소

아니이 맨날 카드 안 보여 주시잖아예 그래서 오늘 물어
봅니다 그거 보여 주셔야 됩니더 예 알겠습니다 앉으셔야
됩니다

아기가 버스라도 깨끗이 반을 갈라 두 동강 낼 듯 운다

한 손으로 아기를 들고 있다 한 손으로 들기엔 너무 무
거워 보이는데 아기는 짐승처럼 운다

예?

예? 만촌네거리예? 지났습니다 — 여기 내려서 반대로 걸어가셔야 됩니다 — 버스는 내리막길을 한참 내려온 참이었다

아이가 운다
신생아는 한 시간 삼십 분마다 먹여야 된다고 했다

황금네거리를 지나 가구거리 웨딩거리 한복거리 문화의 거리 청춘의 거리를 지나 소라 드 벨라즈케즈를 보러 가는 길에 향수 냄새가 길 밖까지 나는 갤러리에 들렀다 입이 바짝바짝 말라 돌아오는 길에는 거제도 냄새가 났다

그때는 왜
모든 것이 쉬웠을까
대구
바다도 아닌데 바다 냄새가 났다

새우

비릿한, 여름 저녁의 된장찌개 냄새

언니들은 왜 구두를 신을까 왜 공중전화에 매달려 살까

집에도 다 전화기가 있는데

아빠는 나에게 걸려 온 장우혁 닮은 사람의 전화를 끊

었다

잘 들으세요

미성년자와 관계를 맺는 성인은

야 진짜 존나 크리피하지 않냐?

그때

그 애 열

다섯 살이었잖아 내가 이런 말 안 하려고 했는데

그런데 그때는 그것이 나의 완전한

로맨스였다

그런 냄새가 났다

처음 맡는 유리눈알의 냄새
고귀한 얼굴을 한
가장 아름다운 소년
우리 아들
우리 아들
우리 아들
아들 아들 아들

유리눈알

학교 가는 길 유리눈알 소년
그들의 눈알은 깨끗하여 가장 깊은 곳까지
땀이 난다 눈에서는 울음이 난다
어디 있다 이제야 나타났냐고
뻗은 손을 잡으면 14년의 험난한 지구
솜사탕이 되어 별로 떠오른다고
작고 작고 작은 세상 더 볼 필요 없다고
눈물 맺힌 유리눈알이 나에게 말한다
가장 아름다운 소년
나는 얼마나 그를 따라가고 싶었던가
그들의 눈알을 빙글빙글 돌며 헤엄치고
토끼풀 묶어 씌워 주고
살지 못한 미래에 대한 그리움은 아득히 멀어지고
부드러운 공포 슬며시 다리를 미는 공포
유리눈알을 다시 볼 수 없는 것은 말도 안 되었으므로
눈에는 소년이 보이지 않을 만큼의 안개가 가득 찼다
반짝이는 유리눈알만 희미하게 보였다
내민 손을 얼마나 잡고 싶었던가
꼼짝 않는 발걸음을 옮기기 위해
삶이 박혀 있는 우주를 던져 버리기 위해

저 닻을 끊어 버리기 위해
나는 박살을 내고 싶다 나는 박살을 내야만 한다

웨스트민스터의 종소리

아니, 소년의 유리눈알은
스피커의 찢어지는 전자음과
폭포처럼 쏟아지는 겨울의 빛
 종아리의 털이 깟깟하게 서도록 시린 땅에 흩어지는 발
소리
 아 늦었어 씨 빨리 뛰어
 불룩하게 껴입은 레깅스와 치마 조금만 팔을 들어도 빠
져 버리는 짧은 와이셔츠
 큐트 아래 맨살에 유리눈알이 닿는다 폭발하며 파고든다

눈알은 투명하게 천천히 증발한다
마지막으로 돌아본다
돌아보는 곳에는 가장 아름다운 소년이
가장 아름다운 눈알을 가진 소년이

2부
밤의 숫자놀이

밤의 숫자놀이

밤의 행위
밤의 어린이
밤의 매미
매미의 밤

밤병

흩어지는 밤

밤의 아이들

밤의 숫자놀이

자장가

신세계를 보았다
희미한 욕들이 화면에서 튀어나오다가
황정민이랑 이정재 얼굴에 자꾸 부딪혀
소리는 들리지 않았다
짜장면을 먹였다
너는 짜장면을 먹었다
나는 네가 보였다
아랑곳하지 않고 짜장면을 먹더라고
쉬었다 가라고 한 건 나인데
짜장면만 먹고 있으니까
난데없이 울화가 치밀었다
짜장면을 시킨 것은 실수였다
흑석동까지 가는 길이 너무 멀 것 같아서
흑석동에 살던 그녀의 노래가 들려서

짜장면을 다 먹고 난 너는
짜장면을 먹기 전의 너와 결코
같은 사람이라고는 할 수 없는 것이다

우리 중 아무도 신세계에 들어갈 수 없듯

택시 타고 가라고 5만 원을 줬지만
5만 원을 가지고 버스에 탔다고 한다

자장가

우울하니까 이런 얘기는 하지 말고
술이나 마시자, 너의 눈은 나를 살피고
보지는 않아서 그 새침함을 나는 밤새
쓰다듬다가 나를 속여야 할 의무가
사라진 너의 얼굴엔 달아오른 붉고
부드러운 입술밖에 보이지 않아서,
숨구멍 하나 없이 꼼꼼하게 씨씨크림을
바른 너의 솜씨, 그 위에 번진 입술들,
너와 함께 조심히 재운다 너의 시간을
사 너를 고요히 재운다 너의 입술을
빌려 이미 잠든 너를 또다시 재운다

자장가

너와 나 사이에는 몇 번의 밤이 남았을까
너와 나는 몇 번의 해를 삼켰을까
뜨겁다고 소리 질러도 너는 아랑곳하지 않았다
낮은 푸른 가시를 밤은 흐린 가시를 가져왔다
아프면 말해 하나씩 꽂아 넣을 테니까
하나에 5만 원씩
맞지?

저녁시소

어둠 전에 저녁이 내린 놀이터에서
삐걱
삐걱
소년이었다 소녀였다 한다
쪽지 속엔 너의 빼곡한 입술 볼에 와 닿았다 떨어진다
촛불 주위엔 작은 따뜻한 물빛보라
그중에서 제일 영원한 것은 케이크겠지
그건 내 몸이었다 네 몸이었다 했겠지
촛불도 꺼지고 우리는 연기처럼 사라져
우리는 아직도 태어나는 중인데
소녀였다 소년이었다
우리는 태어나기도 전에 죽었어
조금만 기다려
촛불을 끄는 것 같은 거야
우리는 조금 녹고, 조금 흘러서
여기였다
저기로 갈 거야
환한 연기를 감고 따뜻하게
소년이었다 소녀였다 둘을 다

살다 태어났다 파란 촛불을
같이 불 거야 그때는 놀라지 않고
안개였다 눈이었다
너의 입술에 가 닿았다

이런 게 0이다

개넨 그냥 서 있어도 숫자가 쓰인 사람 같았다

나만 느끼는 건 아니었다

오직 나만 느끼는 거였다

그들은 지코 같은 표정 발라드 가수 같은 표정 혹은 그 오빠 인천 하우스에서 도박하던

그런 건 너네 전유물이 아냐

그 오빠의 눈빛은 무서워서

다 무너질까 봐 공사를

시작도 못 했다 나는

죽을병에 걸린 사람처럼

영진에게 매달렸다 과거를 계속 돌아보는 것은 좋지 않아

그러나 그래야만 사라지는 그런 사람이다

냉장고에는 물개의 목을 조르는 것들이 가득하다 단테가 봤다면 불붙는다 했겠지 강인한 새가슴을 움켜잡고 물개썰매를 좀 태워 달라고 했겠지

마리아여

마리아

영광과 평화가 그대에게 아베

성경이라도 좀 읽어

그는 말하였다 보라색 불빛을 지나쳐 간다

짓이겨져 더 이상 보이지 않게 된다

파편들로 짠 제의

컵에 일렁인다 영혼들이

춤을 춘다 촛불이

깟깟한 칼라

희멀건 흐리멍텅한 눈에

비친 깊은 신비

내가 나눈 피

꾸벅꾸벅 졸다 어느 날

일어난다 어제도 아니고

오늘도 아닌 어느 날 깨어

사과를 먹는다

그러나 그자들의 각색은 무늬뿐이었다

그자들은 허물을 벗고도 그 더미를 먼지가 되도록 쓰고
다녔다 파렴치한 파김치가 되도록

그들은 먹기만 한다

그건 영혼에 좋을 리가 없다

영진의 배 속은 깨끗하다

꺼내 본 적이 없어도 알 수 있다 알콜로 소독되어 있다

아무리 빨아도 마르면서 냄새가 난다 더운 지방에서는 아
무리 빨아도 말리면서 냄새가 난다

그래서 회전초밥 같은걸

그런 걸 주면, 웰치스처럼, 초밥을 먹는다

우리의 배 속은 알콜로 소독되어 별 느낌이 없다

우리는 하루에 한 번

가끔 항문에 손을 넣어 씻을 때

오직 그것만 생각한다 주름과 주름 같은 털

손가락 사이의 비누, 최대한 빨리 손을 씻자, 이런 게 영
이다

그 순간만이 존재하는

가장 배타적이며 완전하게 포괄적이고

규칙적인

망각

이런 게 영이다

삭는 육각형

시간을 보았다
그것은 육각형이었다
세 개의 기둥에
64개의 시간을 옮겼다

64개의 땅이 둘로 갈라졌을 때
나는 양쪽에 발을 딛고 있었다
한쪽 땅에는 온갖 것들이 자라고
다른 쪽 땅에는 다른 온갖 것들이 자라고 있었다
아무리 생각해도 알 수 없어
갈라지는 땅을
찢어지도록 밟고 있었다

모래를 그린다 그것은 삼각형의 반대
반죽의 한쪽 끝을 잡고 접어
모서리를 만든다
기사가 먹는 것은 뭘까
김치 고구마 냄새가 난다
모서리를 까뒤집은 곳의 냄새가 제일 심하다

다 같이 묵던 홀리데이 여관의
계면활성제 과탄산수소 같은 것들의 냄새
태어나면서부터 삭기 시작한다

육각형 오래되어 본바탕이 변하여 썩은 것처럼 되다
육각형 걸쭉하고 빡빡하던 것이 묽어지다
육각형 맛이 들다
육각형 소화되다
육각형 긴장이나 화가 풀려 마음이 가라앉다
육각형 사위다
육각형 생기를 잃다
육각형 잠잠해지거나 가라앉다

묵사발이 될 줄 알아

야, 그거 내가
참내
어이없네 내가 슬기 준 건데
그거 왜 니가 (어이없네)
참나 (참나)
(코러스) (노려본다)
왜 니가 가지고 있냐?

아, 이거 나
마시라고 준 거 아니고
달리기하고 있을 동안 좀 들고 있으라고
했

너 먹으라고
2% 부족할 때 준 거 아니야?

(야 쟤 너한테 관심 있는 거 아니야?)

아무도 보지 않고 앞을 보는 척하자.

야 니네 뭐 하는데
그거 내가 준 거야 어? 니가 준 거야?
어? 아무것도 아니야

저런 건 어디서 배우는 건가?
초점을 반쯤 맞추고 바라본다.

말없이 알림을 받는다.
너 그거 먹으면 묵사발이야

적자상속

눈부신 누군가의 행차 앞에서
야광봉을 흔들며 예! 예! 예! 예! 하고 리듬에 맞춰 소리
치라고 했지만
그 무리들은 자신이 너무 부끄러워
그중 하나가 그래도 애를 쓰며 예! 예! 예! 예! 하고 한
번 외쳤지만
따라 하던 소리들은 금방 잦아들었다.

왜 제자가 되어야 하는지는 알 수 없지만
하루 빨리 제자가 되기 위해서
재주를 넘었다 기도하고, 춤을 추고, 달의 얼굴을 쓰고

일론 머스크의 이야기를 듣고
불쌍한 사람이라고 생각했다.
도와줄 수 있을 거라고, 생각했다.
집이 다섯 채나 있고, 다리가 열 개나 있고,

마치 영의 참과상을 입어 말에서 떨어지듯
잘못된 환호를 제지할 수 있을 거라 생각했다.

그가 이런 말을 들으면 뭐라고 트윗을 할까,
아무래도 상관없다.

시케이다 소나타

가슴 속에서 울리는 쇠의 트라이앵글
(둥)땡 (둥)땡 (둥)땡
미꾸라지 같은 심장박동
꿈틀꿈틀
캐스터네츠 트라이앵글

마냥 불툭 시케이다
다 죽고 없는 혼자
마냥
둥 둥 둥 둥 둥

땅에서 나는 소리에는 무조건
13층 창밖에
조오크 같은 새우 눈알
이 양짝으로 달라붙은 아무리 엥(앵)엥(앵)엥(앵)
해 봤자 꼼짝 않는 사타구니

눈코입이 자꾸 자꾸 벌어진다

나랑 하고 시픈게 뭐에여?

그가 생글생글 웃으며 묻는다. 끝이 여엉 하고 뭉개진다. 눈에도 웃음. 입에도, 말에도 묻어나는 웃음. 연습한 걸까? 그와 자고 싶은 건 아니다. 자라면 못 잘 것은 없겠지만 어떻게 생겼든 웬만하면 그의 자지를 굳이, 딱히, 보고 싶지는 않다. 다 벗더라도 거기만은 가리라고 하고 싶다. 아니, 천을 휘감긴다든가, 맥퀸이 만들던 맥퀸이나 베르사체가 만들던 베르사체 같은 것을 입히고, 아니, 아니야, 그냥 티셔츠, 보풀이라든가, 올이 보이지 않는, 그런 티셔츠를 입히고, 아니야, 옷이야 상관없겠지. 깨끗하기만 하면 된다. 아니, 구겨진 옷이라도, 흉한 밴드 처리가 되어 있는 운동복이라도, 드러난 손목, 발목, 거기에 감긴 것은 그것이 무엇이든 어떤 완벽함을 얻게 될 것이다. 구불구불 대는 밴드와 거기에 박음질된 실, 살에 눌어붙는 밴드의 압박, 이런 것들을 왠지 참을 수 있을 것 같다. 거기에 붙어 있는 먼지나 솜털 같은 것들도 마치 그려 넣은 것처럼 의도를 얻게될 것이다. 너의 눈썹은 빛으로 그려져 있다. 너의 눈은 아직 결정하기 전의 유리, 입술과 입술이 아닌 것의 그 연한경계, 가장 확신 가득하며 초조한 피어나는 튤립 같은 입술. 그러나 너는 너무 가깝다. 내가 니가 있는 곳으로 온 것인지, 니가 내가 있는 곳으로 온 것인지, 그의 입술이 열리고 거기서 나온 소리의 진동이 내 귀의 고막을 울리는 것부터, 이미 잘못된 것이다. 이미 너는 너무 가깝다. 귀에 닿는 너의 숨소리가 불결하게 느껴진다.

어떻게 알고 왔어요? 나 알아요?

그럼요. 알죠.

아 씨발. 밖으로 생각했나 보다. 안다고? 뭘? 니가 뭘 아는데?

누나, 왜 욕을 하고 그래……. 밥 먹었어요?

너와 먹고 싶지도 자고 싶지도 않다. 나는 너를 박제하고 싶다. 약품 처리된, 내장이 없는, 까맣게 구슬이 되어 버린 눈동자, 그런 박제 말고 너의 가장, 가장 표면에 있는 것들이 너의 가장 아득한 곳을 담을 수 있도록, 가장 표면에 있는 것들을 하나도 남김없이, 숨도, 생명도, 심지어 내장이

라 할지라도. 너만은 시간의 흐름에서 구해 주고 싶다. 그
것은 박제와 가깝지만 박제는 아니다. 그것은 어떤 흔들림
의 보장, 니가 하루 종일 거울 앞에 서 있을 자유, 니가 끝
없이 스스로에게 빠져들 자유, 끝없이 자신을 소모할 수 있
을 힘.

그가 손을 뻗는다. 나는 움츠린다.

그가 실없는 소리를 한다. 그건 음악 같은 소리다. 오직
그의 입술에서 나온 소리의 진동, 진동과 진동의 사이, 그
템포, 높낮이, 쉼표만이 의미를 가진다. 그러니까 그는 의미
를 밟고 가는 사람인 것이다. 그가 걷는 곳마다 의미가 피
어나는 사람인 것이다. 아. 어떻게 그를 가지고 싶지 않을
수가 있겠는가.

그러나 사정해야 한다는 강박이 어디엔가 있다. 사정은
끝까지 피하고 싶다. 그러나 그렇게 빌드업만 하다가는 아
마 뒈져 버리겠지. 잠을 재우지 않는 것과 비슷할 것이다.

조, 조금만 뒤로 가 줄래?

나는 아득해질 대로 아득해져서 아무 말이나 지껄이고 싶어진다. 그를 끌어안고 싶은 마음과 이대로 도망치고 싶은 마음이, 그의 머리부터 발끝까지 찬찬히 뜯어보고 싶은 마음과 구석구석 핥고 싶은 마음이, 그가 너무 입체적이라는 사실이. 그는 바람이 빠진 것처럼, 조명이 꺼진 것처럼. 나는 자꾸 역겨워진다. 역겨워하는 내가 역겹고 자꾸 구토할 것 같다.

나랑 잘래?

누가 말했는지는 알 수 없다. 그가 말했다면 음악이 되었을 것이다. 내가 말했다면 그것은 덕지덕지 더러운 말이 되어 부스러기를 잔뜩 남긴 채 바닥에 부서져 있을 것이다. 나는 내려다보기가 두려웠다. 내가 사정하지 못할 것은 뻔했고, 나는 그가 사정하기를 원하지 않는다. 그런 것은 허락되지 않아. 나는 그의 손을 뒤로 묶고 그저 그가 찍어 내는 이미지와 사운드를, 그의 목이 앞으로 떨어졌다 귀찮다는 듯 뒤로 젖혀지는 것을, 그의 손이 꼼지락거리는 것을, 그의 이마에 삼각형으로 떨어지던 해가 점점 늘어지며 긴 삼각형이 코에 음영을 만들고, 얼굴을 붉게 타오르게 만드는 것을, 그가 뱉어 내는 소리의 간격과 빠르기를, 그의 예정된 종류의 아름다움을 즐길 것이었다. 그의 아름다움은 그런 종류의 것이었다. 운명처럼 견고한 것, 닿는 모든 것이 그 의미를 가지게 되는 것, 이미 예정된 것.

안녕. 잘 지냈어?

헐 누나 진짜 오랜만이다

그니까. 오랜만이야.

ㅋㅋ와 뭐 해 미국이야?

아니. 그냥 생각나서

한국이야?

어

요즘도 일해?

하지.. 똑같애

그렇구나

만날래?

나 오늘 일하는데?

○○ 괜찮아. 부를게.

진짜 하고 싶은 얘기는 꺼내지도 못했다. 하고 싶은 얘기가 뭔지 모른다. 막상 그를 만나면, 그것은 자연을 보는 것과 비슷하다. 의도도 뭣도 없는 것이. 의도라고 한다면 논벌이일까? 그런 면에서는 인간과 비슷한데. 아마 의도 없이 행동하려는 강박이 있을 것이다.

문자를 더 해 볼까 했으나 그만두었다. 전 애인을 만나는 것도 아닌데, 무엇을 입어야 할지 벌써 신경이 쓰인다. 막상 만나면 별생각이 나지 않긴 한다. 전 애인을 만난다면 아마 내내 신경이 쓰이겠지.

　그냥 청바지에 티를 입기로 했다. 머리가 꽤 짧았고, 그
렇다고 빡빡 민 것도, 쇼트 커트도 아닌 어중간한 길이였
으므로 물을 많이 발라 대충 눌렀다. 밖이 갑자기 어두워
지더니 비가 온다. 헐렁한 새시에 끼워진 유리창은 언제나
처럼 덜컹댄다. 이렇게 바람이 부는데도 아파트 공사 현장
의 마무리는 스각, 스각, 텅, 끼익, 삐, 삐, 고함 소리, 삐, 삐,
삐아, 삐아, 쏴아, 쿠아앙, 쿠아아앙, 탕, 탕, 소리를 내면서
돌아간다. 급작스럽게 창문을 때리는, 고속도로라도 달리는
것처럼 시원하게 쏴아 쏟아지는 빗소리에 공사는 부산한
소리가 조금 눌려진 채 그대로 돌아간다.

　40층에 매달린 사람이 작업을 하고 있다. 그가 떨어질
까 봐 눈을 떼지 못하겠다. 그는 대략 봐도 까마득한 높이
에 매달린 채 두 다리로 빌딩을 밀고 서서…… 설마 창문
을 닦는 것인가? 그의 몸짓이 흐릿해 도대체 무엇을 하는
지 알 수가 없지만 어렴풋한 실루엣은 끊임없이 변하고 있
다. 그를 실은 바구니 같은 것이 올라갔다 내려갔다 하고,

그는 창문을 깨고 들어가려는 동작을 한다.

2021년 7월 입주 예정인 새 아파트의 공사장은 이제 마무리 단계에 접어들어 창문은 이미 다 끼워져 있다. 전기 점검을 하는지 시야의 가장자리 여기저기에서 불이 꺼졌다, 켜졌다, 한다. 불이 켜진 채로 있다가 꺼질 때 그것이 특히 눈에 띈다.

창문을 닦는 것은 아닐 것이다. 이렇게 비가 오는데 왜 굳이 창문을 닦겠는가. 그러나 천둥까지 치는 마당에 왜, 아직도 거기에 달려 있어야 하는지는 알 길이 없다. 땅에도 서 있고 싶지 않은 날씨다. 그가 취하는 동작은 다리를 벽에 대고, 엉덩이를 뒤로 빼 마치 아파트 벽면에서 뭔가를 뽑아내는 것 같은, 그가 서 있는 곳이 수직의 아파트 벽면이 아니라 배추밭이었더라도 이상할 것이 없는 자세다. 분명히 뭔가를 뽑고 있는데. 그의 실루엣이 점점 더 자유로워진다. 그는 아랑곳하지 않고 자벌레처럼 허리를 굽혔다, 폈다, 발로 아파트를 찼다, 붙었다, 하면서 아파트 벽면을 수직으로 타고 올라간다. 내려간다. 올라간다.

그가 고개를 들어 잠깐 하늘을 본다. 그는 바구니를 타고 있는 것이 아니라 밧줄 장치를 타고 바구니를 옆에 달아매고 어떤 일을 하고 있다. 창문을 뜯어내는 것 같기도 하고, 허리에 찬 긴 밀대를 가지고 한두 번 밀치고 다시 허리춤에 꽂아 넣기도 한다. 얇고 긴 막대의 선이 벽과 직각을 이룬다. 스프레이를 뿌리기도 한다. 그가 하는 것이 무엇인지, 반대쪽에서 보고 싶다. 모자를 쓰고 있어서 머리는 뒤쪽으로 뾰족한 삼각형이다. 중심을 잡기 위해 허리는 안쪽으로 굽어져 있다.

어지럽게 내린 비가 방충망 사이사이에 끼여 유리창 한쪽이 흐릿하다. 바람이 거세진다. 곧 아파트의 골격으로 바람이 지나가는 소리가 날 것이다. 배수관을 타고 내려가는 물소리가 공사장의 소리, 낮게 구르릉거리는 천둥의 소리 위로 흐른다.

멍하니 그를 바라보다가, 그리고 그의 허리춤에서 튀어나온 막대, 그리고 그 끝에 달린 롤러, 그리고 그의 힘찬 움직임을 바라보다가, 정신을 차리고 소파에서 일어난다.
지민과 그의 문자를 완전히 잊고 있었다.

창가로 다가가 흐린 창에 코를 대고 잠깐 아래를 내려다
보고, 다시 그를 보고, 닫힌 창을 통과해 공중을 딛고 사
선을 긋는 비에 뺨을 맞으며 건너편으로 걸어가다가 문득
생각이 바뀌어 비 한 방울 맞지 않고 되돌아온다.

그러니까, 그도 결국 그런 사람인 셈이다. 갑자기 내리는
비. 천둥. 번개. 그리고 알 수 없는 몸짓으로 그 사이에서
쉴 새 없이 움직이는 생명을 건 무심한 몸짓. 이해할 수 없
는 의미의 사인을 자꾸 보내는. 내가 아는 것은 그에게 몸
과 팔과 다리가 있고, 그가 공중에 매달려 있으며, 아는 채
모르는 채 사정없이 움직이고 있다는 것뿐이다.

한순간 누렇게 깔렸던 무거운 빛이 사라지고, 그러나 더
욱더 세차게 비가 온다. 조금 전과는 다른 비다. 비는 여전
히 세차게 오지만 밖이 훨씬 밝아져서 꺼졌다 켜졌다 하던
불이 이제는 잘 보이지 않는다. 천둥 번개가 거세진다. 번

개가 번쩍이고, 곧바로 천둥이 친다. 번개가 가까이 있나
보다.

거품목욕

K의 유일한 기쁨은 거품목욕이었다. 녹물이 가득한 집에 거품목욕이라니. 자기가 생각해도 우스웠다. 재개발 아파트에 살면서 거품목욕을 한 건 열 번 정도였다. 전에 살던 집에는 욕조가 있었지만 사용하지는 않았다. 지금 사는 집은 녹물이 많이 나오고 수압이 낮다. 그러나 얹혀사는 집이었으므로 이 정도는 불평할 바가 못 된다.

거품은 하나씩 조금씩 모든 곳에서 한꺼번에 꺼지다가

무너진다. K의 매일은 거품처럼 하나씩 조금씩 모든 곳에서 사라졌다. 뇌에 거품이라도 낀 모양인지 생각을 하지 못하게 된 지 오래였다. 이건 내가 사는 게 아니야. 어디서 어디까지가 나인지, 내가 한 일이 무엇이고 내가 하지 못한 일이 무엇인지 구분하지 못하게 되었다. 그렇게 매일을 살았다. 죽고 싶은 것은 아니었지만, 살아가는 것에 대한 미련도 없었다. 자식도, 고양이도, 마음에 걸리는 친구도. 내 죽음을 목에 걸린 가시처럼 느낄 사람이라면 그것은 별개의 이야기다. 그럴 때에는 구름이 걷힌 것처럼 통쾌함마저 느껴졌다. 내가 죽고 나면 알겠지? 내가 얼마나 괴로웠는지. 내 인생이 얼마나 보잘것없는 것 중에서도 고통의 연속이었는지.

거품목욕을 하면 항문이 말랑말랑해진다. 아마 샤워를 하고 나서도 조금은 말랑말랑해져 있었겠지. 그때는 제대로 만져 보지 않아서 몰랐다. K는 어느 순간부터 애널 섹스를 꿈꾸고 있다. 멀쩡한 보지가 있는데 왜 애널 섹스를 꿈꾸는지 모를 일이다. 음, 멀쩡한 보지? 자신의 몸을 생각해 보면 애널 섹스를 한다고 해서 딱히 오르가즘을 느낄 수 있을 것 같지는 않았다.

K의 거친 손도 거품목욕을 하다 보면 말랑말랑해졌다. 거품목욕을 하면 그냥 탕에 들어가 있는 것보다 오랜 시간을 견딜 수 있다. 거품은 전 주인이 깨진 곳에 붙인 알루미늄 테이프도, 색이 바래 누렇고 희끄러미 변해 버린 싸구려 분홍 플라스틱도, 한 번 어디에 끼고 나면 아무리 닦아도 — 그러나 K는 항상 피곤했기 때문에 "아무리 닦아도"라는 것은, 젤 형태 락스 곰팡이싹을 뿌려 놓고 몇 시간 기다린 뒤 장갑도 끼지 않고 어정쩡한 자세로 욕조 위에 구

부린 채 힘이 크게 들어가지 않는 손으로 키친타월을 쥐고 그 부분을 몇 번 슥 슥 밀어도 ── 사라지지 않는 물때도, 모조리 덮어 버렸다. 욕조에 락스를 가득 채워 놓고 일주일을 기다린들, 그런 것들, 즉, 이미 변색돼 얼룩덜룩한 욕조나, 욕조와 벽 사이 마감 실리콘에 파고들어 이미 일부가 되어 버린 곰팡이가 이전으로 돌아갈 리 없다. 오히려 눈에 보이지 않게 락스가 플라스틱을 조금씩 녹이고 부식시켜 거품목욕을 하는 동안에도 욕조는 미세플라스틱을 뿜어내고 있을 것이다. 거품은 뭉게구름처럼 떡하니 버티고 있는 검은곰팡이도 덮어 버리고 만다. K는 거품목욕을 하고 나서 몰랑몰랑 주름이 잡힌 말랑말랑 손으로 말랑말랑 항문을 꾸욱 눌러본다. 살과 살이 닿는 감촉이 좋고 말랑말랑한 가운데 뽀득뽀득한 것이 좋다.

신호등을 건너면 보라색 별이 있다

담배를 피는 별들이 있다
그들의 맘은 내가 알 수 없는 웅덩이다
얕고 찰박찰박하고
빠질 데조차 없는
얼룩진 웅덩이
하루 종일 갈려 버린 한때 지구였던 돌들 위에
낙인처럼 찍힌 쓰레기
금방 다시 옅어진다
영원히 자국이 남는다

스냅백 쓴 사람은 원래 노래 잘하는데
누나 노래 잘해요?

나는 그들의 말을 들을 수가 없다

그들이 따라 주는 술이 흩어지고
거짓말처럼 사기처럼 그림처럼 놓인 로얄과일안주세트2
결정이 뒤척이는 버킷
표면에 맺힌 그림과 정물이 아지랑이처럼 무너진다

12번 남자

근데 오빠 오빠는 안 해요? 나는 자꾸 실장에게 말을 걸었다

저는 오빠 있었으면 좋겠는데 제일 좋아요

태어날 때부터 염치없는 사람처럼

그리고 그러기 위해 매일 밤 택시를 타기 전

목적과 돈과 야심과 세상이 저울질하는 모든 것을 굳세게 소유한 사람처럼

말도 안 되는 발걸음을 하기 위해

오피스텔에 누워 입으로 마신다

염치불구의 모든 사람들을 증오하면서

마음대로 그들의 목을 베고 서랍에 차곡차곡 넣으면서

그들의 얼굴을 볼 자신이 없어서 아무도 기억하지 못하면서

나의 발자국은 그들의 잘린 자국들만큼 질서 정연하고

가지런하다

웃으렴 아가야

웃는 얼굴에 영광 있으리

엄마 말을 잘 듣는다 하늘에 있는 아빠 말도 잘 듣는다

어깨에 있는 수호천사의 말도

태어나기도 전에 죽어 버린 내 아가의 말도

나는 듣기만 했는데

그녀가 내 입을 틀어막는다

입을 막아도 튀긴 것들이 잔뜩 쏟아진다

원자들이 뻥튀기가 되어 파바팝팝 쏟아져서

입을 막은 채 나를 사랑하는 그녀를 뒤덮는다

소년인 채 그를 사랑한다

하얗게 뽀득뽀득 사과 껍질 깎듯,

살을 최대한 깎지 않으려고 애쓰다가 그냥 껍질도 먹어
버리기로 한다

자꾸 먹으니까 매일매일 먹으니까 껍질이 제일 맛있다

질기고 거슬리는데 살만 먹으면 그 맛이 아니다

무슨 말인지 알지

무슨 말이냐면

말하자면

다시 말해서,

무슨 말인지 모르겠어?

말 좀 하자

왜 말해

왜 이 얘기를 딴 남자한테 하냐고

전화기 속에서 개미처럼 이리 갔다 저리 갔다

불이 켜진 방에서 가장 몸을 잘 끼울 수 있는 구멍을 찾

으려고

바퀴처럼 온몸의 털을 곤두세우고 쏟아지는 그를 피하

려고

죽어 죽어, 난 널 사랑하니까, 너무 소름 끼치니까

저 멀리서 세제를 뿌린다

손이 닿는 곳 제일 가까이 있는,

제일 빨리 너를 죽일 수 있는 것이 무엇인지

우두커니 서서, 수십 번 회전하며

세제 한 통을 다 짜낸다 사정하는 것도 이렇게 무서울까?

이렇게 온 힘을 다해 짜내야 할까?

소년은 더 이상 무서워할 수 없는 지경에 이르렀다

소년은 이제 신화가 되어야 했고
소년은 야망을 가져야 했기 때문에
브라자 밑에 음모로 들어온 거칠거칠한

손가락 원래 이렇게 거칠거칠해? 이렇게 제멋대로야?
지우개를 연필로 찔러 흑연 구멍을 뚫는 것보다
신경질적이다 어떻게 이렇게 진화할 수 있었을까 싶다
가로 들어온 손 어둡고 컴컴한 나무의 겉가죽

처음 생리한 날을 기억할 수는 없지만
하얗게 달궈진 칼로
뼈 사이를 길게 늘인다
세 명의 여자가 똑같이 앉아 있다
레이스로 속눈썹 끝부터 발톱 끝까지 덮여 있다
빨대를 잡은 손
나는 내가 그들을 만들어 냈음을 의심치 않는다

종로 3가에서의 죽음

미팅을 마치고 나와서 버스에 올라탔다. 아니 미팅이라고 했지만 사실 의사를 보고 왔다. 미팅이라고 해 봐야 의사밖에 없는데 왜 군이 미팅이라고 해야 맘이 편한지 모르겠다.

속이 울렁거린다. 이럴 줄 알았으면 타기 전에 뭐라도 마시고 오는 건데. 컴퓨터도 괜히 가지고 왔다. 회차 정류장과 가까운 뱅뱅사거리에서 버스를 타면 웬만하면 사람이 없는데 오늘은 혼자라 눈치 안 보고 창문을 열 수 있는 맨 앞 두 자리가 이미 차 있다. 꽉 찬 버스에 어떻게 그 두 자리가 비어 있었으면 얼씨구나 가서 앉았을 텐데 두 명이 앉는 뒤의 좌석만 애매하게 한 자리씩 비어 있다.

언제부터인지 모르겠는데 눈앞에 있다. 하차 태그 단말기에서 뒤로 두 번째, 위로 약간 올라간 좌석의 복도 쪽에 앉은 내 눈은 그 사람의 얼굴과 누구보다 가까운 곳에 있다. 그는 앞 의자와 연결된 수직봉을 왼손으로 잡았다 놓았다 하며 비스듬히 왼쪽으로 몸을 기울여 지지하고 있다. 내 쪽으로 몸을 열고 있는 그는 나보다 5~6센티미터 정도

큰 키에 마른 몸에 레몬보다는 조금 더 네온에 가까운 노란 오버사이즈 셔츠를 입고, 빳빳하지도 해지지도 않은, 그러나 여러 번 입은 것이 분명한 회색의 통이 좁고 하늘하늘한 면 트랙 팬츠를 입고 있다. 그의 발은 보이지 않는다. 발이 보이지 않아서일까, 아니면 그의 입술이 해가 비쳐 투명한 붉은 빛이 감도는 꽃잎처럼 빛나서일까. 그의 얼굴은 피와 세포보다는 먼지, 원자 주변에 구름을 이루어 어느 한곳에 존재한다고 말할 수 없는 전자, 그래서 나는 자꾸 그가 실제로 거기 서 있는 것인지 의심이 된다. 왜 사람들이 이슬만 먹고 사는 요정 같은 것을 상상했는지, 그리고 왜 지금에서야 나는 이렇게 추상적이어야만 하는 아름다움을 눈앞에서 만나는가. 이 버스에서!

창밖의 건물들과 걸어가는 사람들, 심지어 내 옆에 앉은, 피부를 맞닿은 사람조차 굴러가는 기억보다도 못하여 아득하다. 더운 날 굴러떨어지는 아이스크림을 쉴 새 없이 혀로 밀어 올려야만 하는 것처럼 나의 시선에는 조바심이 가득하다. 당장이라도 내릴 수 있는 것은 둘째치고 보지 않는 사이에 증발할 것이다.

미열이 나는 베니스의 하늘에 떠오른
너의 얼굴이 그러했을까?
너의 얼굴을 조각조각 움켜쥐고
생선의 미처 마르지 못한 미끌미끌미끌
내장과 바닷물과 핏물과 살이 섞인 진흙에 철푸덕
내려앉는 그의 얼굴이 그러했을까?

안녕하세요 저는 최재원이라고 합니다.
혹시 괜찮으시면 핸드폰 번호를 받을 수 있을까요?

3부
연착

순간 이동

눈이 따갑게 해가 뜨거운
날 길을 건너다 볼록볼록
신호등 그림자 불룩불룩
속으로 뛰어들었다 쌩쌩이를
탄 아이가 그림자를
치고 배달원들은 오토바이를
밀고 아저씨들이 되는 대로 마저 신호등을
건넌다 따가운 해 빛 볼
바래서 초록불 빨간불
모두가 신호등을

자수

샤프심을 훔쳤었나 보다. 엄마는 문방구가 가장 붐빌 등교 시간에 내 손을 잡고 나를 그곳으로 이끌었다. 찰흙 있어요? 리코더 있어요? 색종이랑 딱풀 어디 있어요? 모든 소리 위로 엄마가 말했다. 우리 애가 할 말이 있다고 하네요. 매일 똑같은 학교 가는 길의 부산한 느른함이 와장창 깨어지고 모두가 나를 쳐다본다. 누군가가 웃음거리가 되는 일. 아, 그것은 정말이지 기쁜 일. 나는 도둑으로서 가질 수 있는 최대한의 기품을 보이려고 안간힘을 쓰면서 입을 열었다. 나는 주인아저씨의 배에다 대고 본능적으로 더 크게, 더 말끔히, 더 또박또박 말했다. 죄인으로서의 고백은, 이미 비장하고 심오한 뉘우침이 끝난, 담백한 것이어야만 했다.

제가 바로 하늘색 HB 샤프심을 훔친 도둑입니다. 저를 용서해 주실 수 있으시겠습니까?

아무 소리도 들리지 않아 고개를 들어 아저씨의 얼굴을 올려다보니 그는 도둑맞은 사람치고는 너무 환한 미소를 지으며 엄마를 바라보고 있다. 당황한 것이다. 그곳에서 당황하지 않은 사람은 당당하고 은은한 위엄을 가지고 주인 아저씨를 내려다보던 엄마밖에 없었다. 나의 압도적인 비참은 쏟아진 국처럼 모두를 얼룩지게 하여, 주인아저씨와 아이들은 기대하던 비열한 즐거움 대신 몸 둘 곳을 모르게 되었다.

그러나 한자리에서 이십몇 년을 장사한 사람답게 주인 아저씨는, 아이고, 어떻게 저렇게 대견한 아들을 두셨어요? 하며 아첨하는 사람을 능숙하고 완벽하게 연기했다. 엄마는 도둑 딸이 아니라 대견한 아들로 둔갑한 나를, 내가 있었던 자리를 흐뭇하게 바라보았다.

나는 너의 목소리로 말한다

머리위로발끝이와르르무너진다 나는 너의 미에 대한 집
착이 가소롭다
고에뛔쯤 되면 몰라 보까찌오쯤 되면 몰라 어우 지겨워
너는 그냥
더럽고 추하다
너는 내가
너를 위로해 주길 바란다
너의 성향에 따라
멋있는 척도 하고
개새끼처럼도 군다
개새끼처럼 굴던 놈은 제풀에 펑펑 운다
영원히 개새끼로 사는 놈들은 또 그들만의 눈물이 있다

투시경을 쓴 양
엑스레이를 쓴 양

아 사랑해
너를 사랑해
너를 미치도록 사랑해

dump1

dump2

dump3

나는 온종일 이름을 붙이고 이름을 떼고

그들을 구별하다 하루가 간다

오늘이 가고 내일이 갔다

어제부터 이름을 지웠다

dumpdumpdumpdump

쓰레기는 포괄적인 단어다

포괄적인 단어는 나를 흥분시킨다

탄산수 두 개를 훔쳤다

오프닝 테이블에는 의자 네 개 혹은 스툴 여섯 개가 있고 제일 나이 많은 사람들 혹은 제일 삶이 남지 않은 사람들 혹은 모 평론가가 안는다 앉는다

지명하여 모욕을 주는 것

이름을 바꾸면 그게 없던 일이 되나

나만 알면 미움이 가서 닿지 않나

그녀는 결코 알지 못할 그들의

완벽하지 않아 완벽한 허벅지와 젖가슴

무명이면 상상이 되나 상상이면 순서가 없나

순서가 없으면 꼬리를 물고

이름을 지우고 쓰레기를 지우고

나는 제다이처럼 공중제비를 돌아

칼을 쓰레기 더미에 꽂는다

아무 일도 일어나지 않고 여고생은 길을 가고 여중생도

길을 가고 나는 아기 대신 가방을 메고

경비는 나를 꼬나본다

이름을 없애면

상상이 되나

나의 미움이 닿지 않는 곳에 있나

33도의 차가운 울부짖음이 들리지 않는 곳에

그는 불 하나 없이 앉아 있다

유령들이 모여

밤새 책상을 옮기고 다시 옮기는 곳

나는 집으로 돌아와 에어컨을 켠다

발가벗고 손을 씻고서야

커튼이 다 열려

환히

들여다보이는 것을 발견한다

삼십 분마다 하나씩 채워지는 하트가 어느새 또 다섯

개 다 차 있다 누가 규칙을 만들었는지 알 수 없어서

나는 육각형의 박스를 밤새 옮기고 또다시 옮긴다

개새끼가 되어 왈왈 짖으며

똑같이 벌을 받는다

예쁘게도 짖는구나

저글링

하나만 해도 손이
부족한데 나도 모르게
여러 개를 들려고 한다

손이 없어 자꾸 손을 빌려 오니
여러 번 꼬아 놓은 밧줄의
끝에. 꼬마. 아이.
깨지지 않는 유리
베이지 않는 유리로 된
매개 없이 전진하는 밤

차마 번역하지 못한 시큼한 단어들이
긴 손톱을 끌며 칠판 위를 거니는 밤

내 몸속에는 백 명의 아이가
시끄럽게 떠들고 있는데
나는 단 한 명분도
살아 내지 못하고 발가벗긴 침묵 중

돌을 던지며 노는 아이의
등을 톡톡 두드리면 아이는
돌을 던지다 말고 뒤를 돌아본다
뒤에는 내가 있었던가?

산책

폭발음을 무시하고
보이지 않음에도 눈길 주지 않고
내딛다 보면

양말 속에 어느새 또 들어온 뾰족한 모래
눈에 밟히지 않는 먼지로 양말이 신발 안에서 미끄러
진다.

11월의 숨은, 지방과 먼지와 에라나도모르겠다,가 뿌옇게
낀 머리에 우르르 몰려와 차갑게 열린다. 아득한 머리에 피
를 흘려보내는 심장을 지나 까슬까슬한 눈 뒤를 지나 까맣
게 굳어 버린 덤불로 뒤덮인 길을 뚫으려 퍽퍽퍽퍽 부딪친
다. 머리를 찧은 숨이 숨을 거두면 다음 숨이 달려와 또 머
리를 마구 찧는다. 머리를 찧다 보면 머리가 쨍하니 울려
온다. 코에서는 김이 흘러나오고 숨은 지방과 먼지가 흘러
나오고 그것들조차도 떠오르는 해로 파란 보라, 하얀 주황
이 되어 흩어진다. 여기저기서 숨을 거두어 간다.

배양

3일쯤은 괜찮을 줄 알았는데
고명인 줄 알았던 것들이
뿌리를 박고 자라고 있다
둥지를 튼 세포 다발이
번식하고 있다

아무것도 자랄 수 없던 내 몸에
그래도 곰팡이는 피는구나
기생충 같다고 싫어했는데
외계인 같다고 생각했는데
곰팡이가 뿌듯하다

하지만 이대로 둘 수는 없다
한 조각씩 잘라 냉동실에 차곡차곡 넣어 뒀다가
토스터기에 돌리면 어차피 살균도 되고 곰팡이도 죽지
않을까
살만 잘 골라서 베어 먹으면 되지 않을까
날이 잘 드는 빵칼로 일단
서걱서걱 잘라 본다
사이를 더는 파고 들 수 없을 때 까지 하나하나 잘라 본다

가위바위보

까마득 나무 위로
날개도 없는 내 마음이 떠올랐다
셈 없는 별들 속 흐르는 너를
맴돌다
퐁당

다시 슬며시 떠오르다
저기 몰래 다가오다
어느새
수면을 깨뜨리며 붉게 물들여요

내 마음에

굽혀지지 않는 새끼손가락 하나가
더 돋아나서
나는 이제 주먹을 쥘 수가 없어요
나는 자꾸자꾸 보예요

사우나

쓰고 찢어진 말들 수증기보다
빡빡하게 차 있다
뜨겁고, 습하고, 땀 나고, 다 벗고 있으면
그런 말들을 하게
되는 걸까 얼굴이라도
가려야 할 수 있을 것 같은데 온 곳도
갈 곳도 없이 증발하는 말들 납이 달린
민들레 씨앗이 되어 숨을 쉴 때마다
뿌우 뿌우 흩뱉어져 사우나를
가득 채우고 있다 너무 가득해서
숨을 쉴 수가 없다

요즘은 어? 그런다잖아? 유모차 끌고 와서
애 데리고 그 밑에 어유
신발을 넣고 가면 씨씨티브이 그거 안 걸리지
요즘은 신고 나가면 다 걸려어
사우나에서는 한국말도
성조가 생긴다 수증기는 요술이라도 부리는 걸까
부풀어 오르는 복

잔뜩 터지게 들어와, 훅, 하고 수증기를 마시면
초짜 자객
사방으로 가시를 뱉어 놓고
그렇게 쌓인 비늘이
반짝반짝 빛나는 지옥 사우나

숨을 쉬면 폐까지 비늘로 반짝거리는 사우나

사우나에는 나무와 밑과 비늘의 냄새가 난다
발가벗고 있으면
땀구멍이 열리고, 엉덩이나 등 같은 것이
열기로 축축한 나무에 닿으면
혓바닥에 비늘을 자라게 한다
그래서 거기서 듣는 이야기들은
주제는 다양해도 입안에 비늘이 도돌도돌
돋아나는 것은 똑같다 사우나들은
모두 연결되어 있다
비늘돈이라고 분류되어 있다
비늘 돈은 말들이 숙주를 찾아 이 사우나에서 저 사우

나로, 또 그다음 사우나로 이동한다
　비늘돋이에서 나와
　재빨리 몸을 씻고 탈출한다

가시와 뿔

발꿈치에 뿔이
돋았다
빨간 줄무늬 까만 줄무늬 번갈아
발꿈치에 핀 한 송이 뿔을
뜯어 후
분다
빨갛고 까만 뿔들이 흐드러지게
후련히 솟아오른다

무지개에 박힌 가시들이
팔꿈치 속에서 가칫댄다

너의 벌집 안으로 기어 들어간다
뭉툭한 손을 삽 삼아
온몸에 꿀을 뒤집어 쓰고
시작과 끝
더 깊이

손가락이 닳아서

뭉툭해지고 눈도 닳아서
신경을 내놓은 채
숨 쉬지 않고
꿀처럼 밀려 내려간다
팔꿈치 속에 갇힌 가시

퇴근길

퇴근길에 제각기 다른 것을 타고 간다
물구나무 서서 가고
김치찌개를 타고 가고
토한 것들을 깃발처럼 펄럭이며 가고
기차가 되어 알콜을 뿌아아앙 내뿜으며 가고
창을 들고 시뻘건 구름을 타고 비를 내리며 가고
오줌을 연기처럼 뿌리며 가고
생선 뼈를 물고 눈치를 보며 가장 먼저 보이는 구멍에
몸을 끼운다

하루 종일 누에처럼 뱉어 낸 피부를
살갗이 벗겨진 몸에 침으로 발라 붙여 놓고

끝없는 옥수수밭
시뻘건 달빛으로 적셔진
하얀 밤
새까만 낮이 오면 계속 퇴근한다
사랑을 신고, 하루 종일 모은 이빨을 새벽배송으로 집에
부쳐 놓고

귓구멍에는 우유를 찰랑찰랑 신고
물구나무 서서, 간다

오 새로운 완전한 세상
아이스크림 구름을 베어 먹고
체해서 목구멍에 손을 넣는다
오 완전한, 새로운 세상

의사가 목구멍에서 떼어 낸 편도를 자랑스레 보여 준다.
강낭콩 모양의 쇠그릇에 담긴 편도 두 쪽이 너무 차갑다.
이가 시리게 차갑다. 이럴 줄 알았으면 전신마취하고 퇴
근하는 건데.

공복

새벽 1시 연말 버스가 길을 가며 한 명씩 집어삼킨다

비로 붉게 젖은 빛

그래도 착한 기사라서 잘 삼켜 준다 다급히 뛰어온다
버스도 택시도 없이 걸어서 집까지 네 시간 걸리는 곳에서
는 누구라도 막막하기 마련이다

가슴팍 꽃다발에서 불꽃이 번쩍이는 이태원
백합 향이 자꾸 난다 노랗고 지저분하게 가슴을 찌른다
내 꽃도 아닌 꽃들인데

창에 비친 물방울이 나무들에 맺혀 벚꽃이 피었다고 착
각하게 된다 보광로 골목길이 벚꽃 향기로 가득 차 있다고
버스가 굴러가는 내리막길에 벚꽃이 피어난다고
한 명씩 다시 한 명씩 뱉어 쥐처럼 구멍구멍 사라진다

비닐봉지를 무겁게 들고
1차선 도로를 달려간다

모두 다 집에 가나요
그렇다고 말해 주세요
멍 때리다가 내릴 곳을 놓쳤다고
나 좀 뱉어 달라고

젖은빛검은밤길에도 반죽하늘에도 한남역교차로에도
달콤한 냄새가 난다
이태원에서 노원까지 스물아홉 번

달콤한 향기가 난다

에 누나 에 누나
예상 밖의
눌린 발음이 웃으면서 나오는 뭉개진 둥그런 술이 뚝뚝
떨어지는 말이 나를 자극한다
환희

꽃 냄새와 섞여 향수 냄새가 난다
뒤에서 향수 냄새 앞에서 꽃 냄새가 나서

내리막길을 내려갈 때 꽃 냄새가 덮친다

신사에서는 다시 아는 냄새가 난다

그들의 얼굴은 무엇을 찾는다
공동의 지옥을
어디선가 기다리고 있을
어디엔가 있을
시커먼 파카를 뒤집어쓰고
아이코스를 빨고 여보세요?? 여보세요?? 하고
길 한가운데로 나와 차선이 없어진
방향이 없어진

택시가 모든 것을 다스리는
무방향성의 밤
집으로 가는 대신 뱅뱅 도는 밤
브라우니언 모션을 하는 밤
택시가 다스리는 밤

붙잡은 얼굴이 떨어지지 않는 밤

늘어지는 밤

비틀거림을 부축하는 밤

깨어나는 밤

편의점에서 안도의 한숨을 내쉬는 밤

나 잘 도착했어 덕분에,의 밤

화장실 가기 전에 욱신거리는 손목의 아대를 풀기 전에 배고픔을 채우기 전에 마음에서 올라오는 소리를 듣기 전에 내가 나를 듣기 전에 휴지를 갈고 옷을 걸고 어떤 옷은 포개어 던져 놓고 가방도 던져 놓고 꽃은, 꽃은 고이 가스레인지 위에 올려 두고

비어 쓰는 밤

호주머니 속에 굴러다니는 것들

흐른 시간
녹은 초콜릿
짝이 맞지 않는 손들
고이 접은 자지들

그래도 웬만해서는 썩지 않는 것들만 넣으려고 한다
곰팡이가 피거나 하면 곤란하니까
수분은 최대한 말려서,
주로 기름기 있는 것들만
엄선해서 넣으려고 한다

주머니 밖의 짝을 잃은 손들이
하수구를 타고 기어 다닌다
그편이 낫겠지

구멍이 나도 딱히 수선을 맡기거나 하진 않는다
까뒤집어 틈새에 낀 것들까지 손톱으로 밀어내거나
하진 않는다

호주머니 속에 굴러다니는 것들은

상온에서 녹는다

초콜릿을 꽉 쥐고 범벅의 열이 나는 그것을 깡깡 언 시간
과 함께 내 호주머니에 넣어 주었지 배려였을까

투명한 모자란 웃음

꿈뿔

납작하고 뾰족하게 코뿔소의 코를 거꾸로
달고 달리니 뿔도 없는 마당에
나는 게 더 쉽겠다 싶어
나는 빨간 속내를 드러내고
ㅊㅊㅊㅊㅊㅊㅊㅊㅊㅊ
마젠타는 실제로 존재하지 않는 컬러라서
아무리 칼을 갈아도 뿔은 떨어지지 않고
뒤꿈치는 어느새 꿈뿔소

이 약을 복용 시 꿈이 생생해질 수 있습니다.
나는 네가 약을 먹는 것이 두려워
더 이상 네가 아니게 될까 봐
아름나운 너의 모습 그대로만 있어 줄래 베이베
오 오 오 오 오
베이베
아 아 아 아　　아
베이베
(지가) 뿔 났다고, 하루가 머다하게, 뿔 났다고
뿔이 잔뜩 난 채 태어났다고

뿔 난 자 찰싹찰싹 뺨에 뽀뽀를 했다 입이 푸르게 돋았다
아가 아가는 누구보다도 뿔이 많이 돋을
훌륭한 발꿈치를 가지고 있지만
아가 아가는 뒤꿈치가 너무 메말라서
뿔이 뺨까지 닿게
잘 자라려면 오빠의 도움이 필요해 아가
그러니까 한 번만 벌떡
그러니까 한 번만 일어나서

오빠는 쫄딱 젖어 홀딱 망해서
꼴에 달팽이집 속으로 들어갈 자존심도 없어서
누가 발꿈치에 치렁치렁 빈 소라 껍질을
달아 줬다는 소식을 들었다
걸음걸음
사뿐히
피와 살을 밟으며
사그락사그락 발전(發電)한다는 소식을 들었다
아가 아가, 오빠는

너를 생각하면 내가

너를 생각하면 내가 이래선 안 될 것 같다
너를 생각하면 물에 불린 나무에
구멍이 뚫릴 때까지 자꾸만 살점을 파낸다
고개를 천천히
왼쪽으로 돌렸다가
오른쪽을 흘끗 바라본다
그런 거라도 해야 될 것 같아서
원기둥으로 된 다리를 쿵쿵 찧으며
걸을 때마다 천장에서 부스러기가 떨어지며
괜히 배에 힘을 주고 심호흡을 한다
발을 맞추어 함께 함께
저 벽의 황금 촛대 속에 갇힌
배배 몸을 비트는 세우스와 그의 아들들
나무꾼과 자린고비의 기억나지 않는 얼굴
세 유다의 얼굴은 국화꽃에 파묻혀
바람개비 도는 삼각형의 세 꼭지점이 되었다
이 모든 것이 베와 피로 짠 벽에 수놓아져
나는 목이 부러져라 벽 앞을 서성이며
차마 뒤를 돌아보지 못한다

눈이 닿지도 않는 저 높은 곳에 앉아 있는
영광스러운 거대한 매미
의 왕좌 나는 이러지도 저러지도 못하고
꼼짝없이 그 광경을 바라볼 수밖에

그녀가 가져온 케이크에 촛농이 흘러넘치도록 나는 사족을 다한다

나에게 처음 케이크를 가져다준 중학생 소녀는
나를 처음 사랑하였다

아파트 주차장에서 삐삐머리를 하고, 엄마가 곱게 입혀
준 옷을 입고, 엄마가 싸 준 도시락을 들고, 무슨 큰일이라
도 하는 것처럼 짊어진 가방끈을 두 손으로 꼭 잡고, 유치
원 버스를 기다리는 길, 놀이터에서 흙을 던지고 햄스터처
럼 이곳에서 저곳으로 가는 데 하루를 다 쓰던, 어린 저녁
을 함께 보내던

그의 편지에 비하면 섹스의 어떤 자극도 운동 같았다
그래서 무서웠고 나는 촛불을 모조리 껐다

엄마, A가 나를 사랑한대
나는 그날 이후로 A를 보지 못했다 아니 만나지 못했다
A의 교실은 한 층 위에 있었는데
A가 지나갈 때마다 오히려 내가
어떻게 된 거냐고 묻고 싶은 심정이 되었다
걔네 엄마가 뭐라고 한 걸까

A는 마그마처럼 부글거리는 촛불을 간신히 불어 끈 나
의 입술에

같은 모양으로 만든 입술을 가져다 대었다

일곱 동의 아파트 가운데 있는 놀이터는 지하 주차장 위
에 있어 꽤 컸다

수풀로 빙 둘러져 있었지만

이미 빛은 저물었지만

누가 보지 않았으리라는 보장은 없었고

덜컥 겁이 났다 겁이 난 이상

아무도 보지 않았더라도 누가 본 것과 다름없었다

나는 오버하는 사람이야

모르겠니? 나는 너와 시를 쓰고 싶어

너의 피를 밤새 마시고, 너를 돌돌 말아 담배를 피우고

나의 첫 누나를 추억하고

뭔지 알지

아가

그 애가 나를 사랑한다고 한 건 아가페적인 거야 왜 그
걸 몰라

그만 좀 울어 뭘 잘했다고 울어

아가페적인 사랑을 처음 내게 베푼 누나는
이제 막 대학을 졸업하고 이제 막 신입 사원이 되어
고등학생인 내게, 나이키 신발을 사 줬다
DVD방에서,
말도 안 되는 영화를 빌리고,
우와, 벽이 여기 있다는 것만으로,
조잡한 뿌연 비닐 스티커를 사납게 붙인 창문이 있다는
이유로,
벗겨진 가짜 가죽 부스러기가 엉덩이를 콕콕 찌르는 끈
적끈적한 소파에서,
내 바지 속에 손을 넣었다 이런거 해 봤어?
토할 것 같았지만 참았다 눈을 떠 보니
나는 아파트 안의 놀이터
녹은 촛농 속에 있다

촛농 위에서 누나가 묻는다

시

거의 대부분의 시간을
떨어지지 않는 것들을
격자에 맞추어
알아들을 수 있도록
찢어 떼어 놓는 데 쓰고 있다

너에게 가는 길은

원반 위에서 앞뒤로 사라지는
앞도 뒤도 없는
너의 마음이 나를 달아오르게 한다

네가 미처 주지 못한 말들이
구름이 되어 나를 싣고
너는 나의 경계를 접을 수 없는 곳에
중앙도 주위도 아닌 곳에

삼투압처럼
반은 나의 속에
반은 너의 속에
3000마일 떨어진
곳에서
계속 연결된 건 이제 지겨우니까

너에게 가는 길은
너에게 가는 길은
바다를 떠다니는 생물들과 미생물들과 죽은 것들의 사
체와 팔목과 발목 들을 헤치고 눈앞에 고리를 찬 채

아가미로 쉴 새 없이
너는 마치 여기에 없는 호수처럼
돌을 던져도
미동 없는 호수처럼
저수지의 가장자리에서
저수지를 빙 두른 산
내 뒤에 줄을 선 냄새나는 밤비들
눈으로 울고 입으로 풀을 뜯는
꺾인 다리로 겅충겅충 뛰어가는
물 위를 사뿐사뿐 걷는
수십 개의 막대기가 지나가듯
말없이 뛰어간다 상관없이 말도 없이
나는 까만 초록색의 저수지 안에서
숨 쉴 필요도 없는 너를 만난다
숨 쉬지 않아도 되는
숨 쉬지 않아도 멈춘

미토콘드리아 미토콘드리아 머릿속에 가득 찬 미토콘드
리아

너에게로 가는 길은

너에게로 가는 길은

내가 없는 곳에 갔다가

내가 없는 곳을 여러 번 돌아와야만 통과할 수 있는

고슴도치를 녹을세라 조심조심 들고

가시 하나 떨어질세라 심장이 깨질세라 내 가슴에 매단
장미에는 드라이아이스를 대고 길가에 떨어진 나뭇잎을
끌어모아 귀뚜라미가 어디서든 경고 없이 귀를 통과하는

신사역 사거리 실라리움 성형외과

오늘은 비가 보라가 되었군요
우산 같은 건 필요 없겠어요
발걸음마다 물걸음
천둥도 번개도 두고 소리 죽인 비보라
미끄러운 세상이 번진 불빛에
깜빡
깜빡
하네요

한 방울씩 비가 됩니다

물감을 개는 것처럼
끈적한 팔다리를 섞고
빨간불이 되면
흐르는 물이 되어
길을 건넙니다

발은 완전히 물이 되었군요

아아
비가 멈추지 않기를
비가 오지 않는 오늘은 없었으니
차갑게 떨리는 몸이 마르지 않기를

강이 하늘이 되고 하늘이 흘러내려
괴로운 척추 없이도 걸을 수 있는
지금이 그치지 않기를

4부
구멍을 찾을 수
없는 나사

시속 40킬로미터의 소리

벽지가 콘크리트에서 떨어지는 소리

벌어지는 소리

벌어지지 않기 위한 반대의 소리

마찰력과

우는 쇠의 소리

수도관이 진동하는 소리

벽이 가늘게 포효하는 소리

정사면체가 정육면체의 방을 찔러 오는 소리

귓구멍에 정사면체

산등성이를 넘어뜨리는 소리

낮은 구르릉 소리

구름을 물을 온도를 움직이는 소리

몰려오는 소리

천둥이 없는데 하늘이 진동하는 소리

천둥이 없어서 더 무서운 소리

공중에서 쇠가 몸부림치는 소리

공기가 신음하는 소리

손등에 비친 빨간 불빛의 소리

끼이익 끼이익
있어서는 안 될 것이 있다는 것을 알아 버린 소리
아파트의 내장이 기를 쓰는 소리
꿈을 기억하는 소리
꿈을 잊을 수 없는 소리

눈이 기억하지 못하는 마지막 순간을
기억하는 소리

벽에 걸린 1년도 더 된 아베마리아의 좋도록 파란 풀잎
들이 캔버스 면을 따라 흔들리는 소리, 나무 액자와 벽지
와 콘크리트 못이 몸서리치는 소리, 벽지가 콘크리트 벽에
서 떠는 소리, 행여나 떨어질까, 떠는 소리

몰랐던 소리를 듣는 소리
몸이 마비되는 소리
숨을 죽이고 차마 움직이지 못하는 소리

움직임이 아니라 소리를 본다

기억은 소리였음을
마지막 소리를 듣는
생각지도 못한 처절한 소리
찢어지는 소리
한 번에 몰려오는 소리
모든 소리가 한 번에 나는 소리
지구 안에서 자꾸 누군가 쾅쾅 뛰는 소리
멈추었다 싶으면 다시 나는 소리
끝인 줄 알았는데 아닌 소리
끝을 알 수 없는 소리
방에서 혼자 물 두 병을 끌어안은 소리
마지막 대화가 호들갑이라니 후회하는 음소거 소리
자꾸 더 큰 소리가 나는 소리

갈 곳 없는 에너지의 소리
심장 밖에서 뛰는 살아 있는 죽음의 소리
하늘하늘 옷과 커튼이 불룩해지는 소리
초점 없이 마구 돌아가는 소리
의미 없이 넘어지는 소리

잎사귀끼리 뺨을 갈기며 기를 쓰는 소리
기를 쓰는 소리
기를 써 벌어지지 않으려는 소리
기를 썼는데도 벌어지는 소리
벌어지는 소리

들어서는 안 될 소리
들어서는 안 될 소리를 들은 소리

불이 꺼지는 순간
기억이 넘어가는 순간
전자레인지가 땅
전류가 팟
소리가 먼저
그다음에 눈이 보인다
소리가 가장 먼저
12층 공중에서
소리와 제일 먼저 만난다

성실

폭력은 양파즙 같아서
달달 볶을수록 달콤해진다
어둠 속에서는
눈을 감아도 떠도 똑같은 것이 보인다
빛이 구부러져서 속이 울렁거린다
빛은 물결 모양이다
주위의 장(막)이 흔들린다
불을 끄면 자꾸만
꺼진 빛을 따라
물결 한가운데로 빠져든다
무섭고 멀미를 한다
빛을 타면 울렁거린다
울렁거릴 때는 서 있기 어렵다
울렁거리는 속에 터질 것 같은 호기를
계속 집어넣었다 짜고 매운 것은
빛을 따라 어둠 속으로 뛰어드는
멀미를 막아 준다
도돌이표에 걸린 사람
남자가

다가온다
잠자리채와 플라스틱 통을
들고 내 앞으로 뛰어든다
나는 몸을 살짝 틀어 그와 닿는
면적과 시간을 최소화했다
힘

나누기

무한대

그는 내 쪽으로 달려왔다가
나를 지나 토하며 달려간다
나는 금세 다른 생각을 하는데
다시 그가 뒤에서 뛰어온다
나를 지나 앞으로 옆으로
나의 고개도 뒤에서 앞으로 돌아간다
개 세 마리가 그를 맞이한다
머리는 하나인데 몸통이 세 개다
반환점에 도달한 듯
보이지 않는 그가 다시 나를 향해
뛰어온다

나를 또다시 스쳐 뛰어간다

뒤쪽에는 뭐가 있길래

다시 뒤에서 달려온다

나는 몸통이 셋인 개와

반환점 사이를

아무것도 없는 양 걸어간다

그의 눈에 나의 억울이 반사되어

나는 화들짝 놀란다

눈이라고는 보이지 않는 그의 얼굴 어딘가에서

내 얼굴이 반사된다

나의 얼굴을 쓰고

나를 스쳐

다시는 돌아오지 않아

약속을 지킬 수 없다

거울이 있어야 할 곳에

거울이 있어야 할 곳에
거울을 들고 거울에
비친 없는 내가 좋아
텅 빈 겨울 숨
쉴 수 없는
"레즈비언 여피 폴댄서 히스패닉 이들이 모두 다 같은
사람이라면 믿으시겠습니까?"
내일, 요물단지, 요강
나온나 일단
손길
끊어진 거울 반대편 잡고
심장이 뛰어, 뛰지 마
제발 뛰어 줘 어? 제발
겨울 내내 겨울
나의 내내 거울
전기가 끊어지는 그런 서울
왜 숨 쉬기가 어려워져야만
눈을 감는지

냉

내가 가끔 흰자를 낳을 거라고 아무도 내게 말해 주지
않았다

나는 흰자를 콧물 훔치듯 떼어 낸다

말라붙은 흰자를 조각나도록 마구 비빈다

낳을 거라고

아무도 말해 주지 않았다 사다리 타고 올라간 곳

지네처럼 다리가 두 개 돋아나

노른자가 기름이 뚝 뚝 떨어진다고 말해 주지 않았다

노른자는 없이 흰자만

불쑥불쑥 바로 닦아 내지

않으면 약간, 바닐라

풀처럼 되었다 별 느낌은

없었지만 그럭저럭

시원하고 나쁘진 않다

창밖에 대롱대롱 매달린

벌거벗은 침 팬지

소리

한사코

신물이 나도록

부풀어 오르는 몸

뚱 어 리

조각 같은 입술에서 새어 나오는

물처럼 물컹물컹한 올챙이들

쏟아지는 올챙이 떼

내장이 소용돌이치며 조신하게 노를 젓는다

물살이 센 곳에서는 꼬리가 펄럭인다

손가락 하나 없이

물을 수없이 잡는다

눈을 마주치면 그와 나 사이에 놓인

물로 된 모양

if (surface_tension > weighr)

올챙이가 쏟아진다

허리띠를 졸라매고

빼앗긴 신발끈 대신

스프링 노트 대신

소리친다

진정한 자유구나

이게 진정한 자유야 어느 누구도 나에게

눈길 두 번 주지 않는 소유

소유된 것의 자유

얼마나 발버둥 쳤나 발 없이

얼마나 꼬리를 흔들었나

하수구 구멍 속으로,

배로 싱크를 기어,

살과 눈을 짓누르는 손가락을 피해,

어디가 위고 아래인지도 모르게,

손가락도 없이, 물도 아니고 물건도 아닌

숨 쉬는 내장 물방울 끈적이는 삶

시크리션

위도 아래도 없이

안도 밖도 없이

그저 제자리에 있으려고 얼마나

버둥버둥 대었나, 손도 발도 없이

내장만 가지고

진정한 자유
수십 마리의 올챙이가
뱉어 놓고 간 자유
스테인리스 싱크대 고버의 창백한
아무 일 없었다는 듯 무심하게,
한사코, 하물며, 그래서인지
삐등삐등 울부짖는다 소리 하나 없이 고막을 찢는다

천둥이 치는 소리
소리가 힘이 되고
소리가 의지가 된다
의지가 다시 소리가 되고
소리가 너를 가른다

빛도 없는 구르릉 소리
베일에 가린 반투명의 창문
검게 구르는 의지
나를 떨게 하고
파도에 실어 건네준다

부드러운 이의 손길

나는 선한 것을 기록하려고

구르릉도 기억한다

서서 누워 있다

누워서 반듯이 앉아 있다

나의 뒤에서 나의 위에서

나를 가리고

숨을 곳 없는 소리의 공격

귀를 감아도 배 속에서 들려오는 간섭과 섭동

눈을 떠

감독님~~~ 좀 쉬었다 가면 안 될까요

예~ 에에

배 아프지 않은 사치

나를 끝까지 버리지 마 소리

소리 없이 소리 내지 마 소리

소리 질러 소리

왜 힘을 줘 그냥 해

본드

오스칼은 한 언어로 악을 쓰고
다른 언어로 겨우 본드 방울을 분다
엄지와 검지로 본드를
동글동글하게 굴려
작은 빨대 입에 붙이고
날지도 터지지도 않는
무기력의 방울을 분다
무지개가 본드에 감돈다
누가 말해 주지 않아도 경계를 눌러 붙이고

잘 봐 여기가 결정적인 부분이야

부는 것은
그저
이미 결정된 본드 방울의 운명을 실행에 옮기는 것에 불
과해

최대한 본드가 본래의 상태 그대로,
다른 물체와의 접촉면과 접촉 시간이 가장 적도록

해야 한다 간단한 거야
델타를 영으로 보내
손에 끈적 묻은 애를
다시 붙이면서 생기는 틈도
있어선 안 된다

자 이제 불어 봐

흰자만 자꾸 나온다

배란기니까 조심해야 돼

발레 학원은 봉고차를 타고 갔다
아저씨는 젊고 힘달가지라고는 없어 보였지만
어색하고 하기 싫은 일을 하는 사람같이 그러나
친절했다 우리가 든 차를 몰고 샛길로 빠졌을 때
그는 어찌할 바를 모르며
전화를 해서 협박을 부탁처럼 했다
그가 우릴 죽였을까?

엄마는 칠판에 평생 쓸 글을 다 쓰고
오른손으로 글을 쓰지 못했다
의사도 힌의사도 MRI도 다 괜찮다고 했는데
엄마는 오른손으로 글을 쓰지 못했다
국자를 잡고 20킬로그램의 김치를 치대고
생강즙을 짜 50리터의 병들을 날라도
사랑한다고는 못 쓰겠다고 했다 왼손으로 주소를 썼다
십 일이에요 십 일 십 일 다시 오

창문이 비치는지 거울인지

알 수가 없다

알고 싶다

우수수 떨어지는 나사못을 주울 수가 없다

손바닥에서

나사못이

쏟아진다

물고기와 아이와 개의 시간

비가 그친 후 오노라면 짚을 수 없는 소리들이 들린다

집을 나가기 전 흔적도 없던 모기와 벽이 붙어 있는 것을 보고 전기 파리채로 잡았다 총을 쏠 수밖에 없었던 매미

질소 안락사 초입에서 깨어나 두개골이 반쯤 열린 채 수술대에서 버둥거리던 돼지의 뇌를 수확하다가 손톱까지 박혀 버린 메스 마찰 없는 진입 타피오카로 끈적한 머릿속

에어컨에서도 실외기에서도 다시 내리는 비에서도 잠을 수 없는 소리들이 난다 만질 수도 잡을 수도 없는 소리 속에서 허벅지에 어느 날 솟아오른 손바닥만 한 붉은 반점들에서 돋아나는 뿔들을 다듬는다

동생은 허벅지에 수정란을 심어 열 달간 해마처럼 아기를 뱄다가 애가 태어나는 순간 제발 열 달 전으로 돌아가게 해 달라고 빌었다고 했다 동생 아버지는 평생 해 본 일 중에 아기를 밴 것이 제일 힘들었다고 했다 그들의 얼굴은 적어도 비겁하지는 않았다 나와 나의 여자 사이는 비겁하

게 곰팡이와 미생물로 가득하다

　엄마의 시큰거리는 손목과 어느 날부터인지 연필이 잡히지 않는 손

　닭이 똥을 뚝뚝 흘리도록 목을 단디 꺾어 펄펄 끓는 양철 냄비에 철썩철썩 담금질하는 모습이 절대반지의 파괴처럼 아연하다 쇠가 흘러넘치고 비록 구름이 목을 막아도 두 쌍씩 태워 홍수를 피하고 진흙에서 솟아나 다다를 수 없는 탑을 짓는 사람들은 소주를 마시며 고통을 논하고 미생물로 가득한 할머니 손은 장기가 몸 밖에 나와 있다

　기름때와 물때 섹스하고 누는 오줌의 때 살을 짓이기는 끓는 피는 자기연민과는 다르다 그것들은 락스가 발린 화장실 덜 말린 빨래 끝까지 쉴 수 없는 날숨 숫총각과 나의 노른자 바나나 껍질 물곰팡이알과 썩은 이리의 시간이다

나사가 자꾸자꾸 떨어진다

선풍기가 핑
전류가 극적으로 사라진다
어디서부터 와서
다이얼 속에서
잘만 움직이다가
아주 간단한 스위치에
꽥 하고 죽고 만다
전자들의 메아리가 울린다
공기청정기는 밤새 돌아간다
노란 밤을 지새우고
샛노란 아침이 오면
수천 개의 나사가
공중제비를 한다
깡 깡 소리가
날 때마다 스파크가
튈 때마다 심장에서
메아리치는 전자들의 파동
흐를 구멍이 없는데 자꾸
나사가 떨어진다

나는 더 이상 보들레르의 이야기를 듣고 싶지 않다
터널 비전 롸져스

책장을 주워 와 빛을 쏘아 구석구석 빈대를 체크하고
구석구석 빡빡 닦았다

나사를 버리지 못하는 사람

김 다 먹고 남은 느적느적한 비닐 김 통에
커튼 끼우는 N자 고리, 식빵 봉지 여미는 흐느적 철사,
칠이 벗겨진 금속 조각, 어디선가 나타나 혹시나 하지만
역시나 결국 쓰이지 않는 고무 부품, 옷이 나타나지 않는
단추, 게르마늄 은 이온 샤워기 헤드 연결 부위, 끊어지는
목숨을 붙들고 있는 노란 고무줄

손바닥으로 자꾸자꾸 떨어지는 나사를 줍는다
양손에 나사를 잔뜩 쥐고. 볼 빵빵하게 나사를 한껏 물고
줄 서서 기다리다 차례를 잃었다

주울 때마다 두 개씩 더 떨어진다
자국이 나도록 아무리 꼭 쥐어도
빈 구멍으로 꽃잎처럼 떨어진다
떨어진 나사는 머리카락이
된다. 이노무 손이
먼지 난다 뚜댕기지 말라카이
꼬리를 문 돌림노래처럼 몸 안의 실에 불을 붙인다

날파리 랩소디

꽉꽉 눌러 담은 믹서기가 터지기 직전

규칙 없이 날아다니는 이 날파리를 무엇이 이렇게 날게
하는가

자꾸 콧구멍을 겨냥해서 들어오게 하는가 꽁무니에서
알이라도 나오는 건가 생리 중인가

나에게서 짝을 찾는 건가

날파리가 알을 낳지 않은 쪽의 볼도 자꾸 가렵다

더 이상 날파리가 덕지덕지 붙어 있는 것도 모르겠다

나는 눈치가 보인다 혀가 단맛을 짜다고 생각한다

어느새 날파리는 떠났다

떠났거나 머리 위에 떨어져 죽었거나, 그랬겠지

면이 없는 도형들이 모여

끝없이 축소하다 배를 까뒤집고

조금만 참으세요

죽은 척한다

곡

가방 속은 사우나에서 나온 것마냥 후덥지근하다

그녀는 나를 학대하는 남편 같다
나도 그를 오해하는 남편이다
갑자기 동생의 전화에 대고 내가 고슴도치가 된다
시뻘겋게 태양에 타서 벗겨진 피부처럼
시릴 뿐인데, 그냥 그러려니, 하지 못한다
얼음으로 1 2 3 4 쌓아 오던 것이
정신을 차리면 불로 4 3 2 1이 된다

제 무덤 제가 파고 제 건물도 제가 세우나
저기 지나가는 사람들, 깊은 구덩이
기까이 아무도 오지 않는가
낮도 밤도 오지 않고
탑을 쌓다 보니 어느새 구덩이를 파고 있다
지나가는 사람들은 나를 보지 못한다
흙더미와 나는 구분이 되지 않는다
나도 지나가는 사람이 보이지 않지만
지나가는 사람이 있을 거라고 생각한다

손을 털어도 털어도 구멍구멍 흙이 가득하고
자꾸자꾸 털다 보니 손이 부서져서
어느샌가 구덩이가 제 무덤을 파고 있다
부식하는 것처럼, 숨과 일산화탄소 주사와 암모니아를
내뿜으며, 대지는 거품이 된다
부글부글 끓는 신 거품이 된다
물체가 빈 공간으로 채워진다
비어 가는 것들은 성난 거품과, 숨과,
끝나지 않는 기나긴 숨을 내뱉는 중이다

‖: 이 모든 것 나의 맘 아시는 유일한
천주의 성심을 간구하여 봉헌하나이다
봉헌하나이다
봉헌하나이다 :‖

너의 뒤에 너의 뒤에 너의 뒤에 너

죄송해요 더 이상 못쓰겠어요
가슴을 죄어 오는 당황 겹쳐진
너의 눈에 수없이 너의 잔상

너의 뒤에
수없이 뒤에
그 앞에 너와 내려가는
수십 개 겹쳐진
무서운 너
납작한 쓰레기 같은 너
밟아도 밟아도
없어지진 않고
살 깊이 새겨진
너의 화석을 벅벅 긁어낸다
가루가 끈적끈적
너의 뒤에 떨어지고
피난 가는 연기가 난다 도망가는 연기
살째로 너를 완전히 태워
기름 끈적끈적 기름

깊이를 알 수 없는
좁은 기름을 짠다
너의 뒤에 수많은 네가
여기 다 온전히 짜내었다
피 한 방울 보지 않고
너를 기린다

너의 장례식,
광선검으로
너의 목을 베면
그건 너무 간단하니까
중국집에서 만났다
냉장고에 가득한 우리 사진
아직도 가지고 있었니?
해 줘
아가 김치볶음밥 해 줄까?
드라마에서 본, 관심없지만
내 생각 속에 빠져 있지만
호기심 가득 반짝반짝

속을 알 수 없는 불투명한
얼굴을 해 본다

불투명
나의 손발과
눈코입 다 야무지게 붙들고
가끔 뺨을 갈기며
하다 보면 보고도 무엇인 줄
알 수 없다면 나로 비로소
한 마리의 온전한
사랑일 텐데
한 만족하는 로봇일 텐데
너의 피와
너의 살의
신나는 노래

점멸

점멸하는 전구들의 전멸

엄마 엄마엄마엄마 엄마

뭉툭해진 아가 너를 돌봐 줄게

이 빛이 다 네온이 될 때까지

새하얗게 걸린 나의 가죽

점박이 점박이 얼룩말
새하얗게 걸린 나의 가죽
화자를 찾던
그림자가 발목을 잡는다
하얀 대리석
경계가 희미해진다
너를 생각하며
나의 가죽 표백되어 걸려 있다

5부
이동 중

목격하는 집

언덕 위에
사지 절단된 내가 고이 누워 있다
잠자리 떼가 돌진한다
웜홀을 타고

전기가 흐르는 눈과 마디마디의 몸으로 된
잠자리와 나

직진하는 잠자리는 무서울 게 없다
내 위에 부드럽게 움직이는
새까맣게 탄 장작 인간
그것은 잠자리보다도, 그림자, 잉크,
잘린내팔다리머리보다도
더 새까맣게 죽어 있다

선으로만 된 곳에서 왔는지
그는 앞도 뒤도
없고 내장도 두께도 얼굴도
없지만 날지는

못한다 불쌍한 것
악을 쓰며
토막 난 몸에 대고
섹스를 한다
선의 페니스가
고생이다 막을
잠자리만큼도
깰 수 없는 불쌍한 것

수천 개의 눈을 달고 수천 개의
잠자리가 지면 안에서
밖으로 튀어나와 직진한다
날갯짓의 진동이
들려온다 모터는
무섭지가 않아,
모터에는 항상
비상 정지 버튼이 있다

선 인간은

일어나 입을 뻐끔뻐끔
하지만 그의 입구는
두께 없는 그림자

언덕 위에서
목격하는 집
검은자가 흰자를 거의 가득 채운 창문눈을 휘둥글게 뜬
목격하는 집
숯 인간의 광폭한 무력을
목격하는 집
까만 잉크가 지면에 스며든다

히포맨

바바리코트를 입고
까꿍

보라색 회색 얼굴
창밖에 아무도 없었는데 거짓말처럼 이마를 맞대고 있다
눈을 맞대고 있다
하마 얼굴을 입고
바바리 깃을 세우고
창이 좁은 신사 모자를 쓰고
저 끝에서 복도를
장애물 없이
장애물 없이
달려온다
뱀의 머리 뱀의 꼬리가 한자리에 있지 않듯
하지만 그 규칙이 언제까지 지켜질지는
아무도 알 수 없다
뒤에서 쫓아오는 히포맨

저 코너를
도는

순간 눈앞에 닥치지 않으리라는 법이 없다
바바리코트 푸른 하늘,

선선한 바람
별

별

창문 안쪽은
깜깜하고 그래서
밖이 잘 보인다
숨을 죽이고
밖을 본다
아무도 없다 (밖에 나야)
The Hippo Man
초록색 보라색 얼굴
밖엔 아무도 없다 (밖에 나야)
The Hippo Man
안엔 아무도 없다 (밖에 나야)
The Hippo Man

나야

밖에

원뿔

그 가운데
너를 찾아
태양의 매듭을 지나
구름 위 신전에서 나
뛰어내린다

잠자는 구름 아래로 자꾸 가라앉는 나
붙잡아도 터지고 산산조각 나
그 가운데
때마침 손에 닿는 차갑지 않은
샛노란 철봉
탈출한다! 탈출한다!
이거
기둥이 두꺼워진다
좁은 막대 기둥에서, 한가득에서, 한 아름이 된다
이거
원뿔이었어
속수무책으로 찰싹 붙어 있다 손
가락이 겨
우 맞다아

아무도 들어 주지 않는 직선

풀잎을 지나 낙엽을 스쳐 잠자리를 넘어
바람을 감아 햇살을 안아 낮은 달을 건너
구름을 길어 빗살을 비껴 숨멎은 해 스쳐
지구에서 그어진 직선이 빈 곳을 날아간다

숨멎은 해 스쳐 빗살을 비켜 구름을 길어
낮은 달을 건너 햇살을 안아 바람을 감아
잠자리를 넘어 낙엽을 스쳐 풀잎을 지나
그대로
다시 직선으로 내려가기만 하면 되는데
발은 점점 더 멀리 데려간다
유턴하는 빛을 지나 팽창하는 기억을 지나 소용돌이치는
모든 어머니들을 지나
겹쳐진 일곱 개의 세상을 스쳐 늘어진 깔대기의 끌림을
스쳐 탈출하는 해들의 뜨거운 발바닥을 스쳐
일렁이는 장의 소멸들을 넘어 탄생하는 입자들의 진동을
넘어 겨울의 봄의 가을의 여름을 넘어
이렇게 멀리 와도 돼?
아무도 없는 곳에?

이름 부를 것 하나 없는 곳에?

미아가 들끓는 곳에?

지구의 좌표만을 기억한다

이제는 지나 스쳐 넘어 재개발된 과거의 좌표만을

온몸을 아무리 당겨도 발이 보이지 않아

심장을 아무리 흔들어도 눈이 닿지 않아

손을 아무리 저어도 머리가 돌아오지 않아

발을 잊고 손을 잊고 온몸을 얕은 곳에 누인다

돌아가기만 하면 돼

왔던 것보다 더 빨리

길잃은직선앞도뒤도되돌릴수없는직선아무도들어주지않
는직선머리부터발끝까지닳은직선지그재그직선

외마디

문이 열린 사이에
두 개의 검붉은 몸이 날아들었다
빈 구멍을 찾아 달려들었지만 내 몸이 벗어날 구멍은
없다
비명을 지르며 길고 횡횡 뚫린 복도를 돼지가 달려온다
아이처럼 웅크린 돼지의 몸이 거꾸로 복도 벽을 넘어간다
머리부터 사라지고 순식간에 치마 종아리 플랫
잠시 거기에 있었던 것이 없던 일처럼
외마디 사라진다

나는 멈추었다 두 몸은 온데간데없다 아직 열린 문으로
바람이 숭
숭
들어온다
어두운 신발장에서 나는 편지를 받았다
사진 속 하얀 욕조 하얀 시멘트 벽에
새하얗게 치덕치덕 벽 속에 못처럼 박힌 머리
즙이 다 빠져나간, 메마른 얼굴

초점 없이 하얗게 튀어나온 눈알이 뒤에서 나를 바라본다

내가 볼 수 없어도 나를 향한다

다이어그램으로 된 편지에 암호처럼 그려진 고통의 디
자인

여기는 내가 있을 곳이 아닌데

외마디 문이 열린 사이로 소식이 몸뚱이처럼 날아들었다

은색 그물인 달

적막
언덕 위에서 반짝이는 은빛 그물로 된 세상
소리도 무게도 없이 떠 있는 달
긴장감 도는 음악도 소리가 나지 않는다
음소거된 세상

점
점
둥근 달
점
점
소리 없이
점

한 번의 반짝임에 달 하나가 있는 걸까
그물 속의 달과 점과 달과 달이 모여 만든 그물과
그물 밖의 달과
빈 공간이 없는 것이 이토록 아름다운 일인데
빛나는 것 사이에 곰팡이가 끼여서는

살 수 없는 것들과 곰팡이들끼리 살면 곰팡이1은 곰팡이 같지 않을 텐데

락스,가 훨씬 더 곰팡이 같을 텐데,

락스와 실로 된 곰팡이 사이에서 나는 어느 쪽인지

곰팡이도 줄을 지어 피었으면 좋겠다 1, 2, 3, 4 셀 수 있었으면 좋겠다 곰팡이는, 하지만, 내가 그저 규칙을 모를 뿐이라면? 곰팡이는 1, 2, 3, 4 서 있는데 내가 우스꽝스럽게 클 뿐이라면

검지의 끝이 애드벌룬처럼 거대하고 천천히, 예고 없이,

애드하는 것이 애도하는 것보다 애무하는 것보다

너무 많은 것이 애드되어서 우리는 그저 5000개의 카테고리일 뿐인걸

곰팡이보다도 규칙적이고 시시콜콜한

의사는 내가 꿈이 지리멸렬하다거나 데카메론을 읽다가, 이런 얘기를 하면 갑자기 새앙쥐가 되어 버린다. 쪽쪽쪽쪽쪽 구구구구구 떠들다가도 의자에서 쑥 새앙쥐가 된다. 나는

더이상 쓸 수 없게 되어 버린 걸까? 그래서 할 수 있게 되기 전이나, 할 수 없게 되기 전에, 일단 끝내고 봐야 되는 것이다. 이러다가 나도 가만, 가만, 가만, 가만 — 말하자면, 말하자면, 말하자면 말이야, 하는 개돼지의 반사상이 되어 버릴까 봐 —

물결에 비친 구불구불구불하고 삐걱삐걱삐걱 대는 겹눈은 비로소 너를 소리처럼 볼 수 있게 된다. 곰팡이도 피지 못하는 늪 속에서 두비두밥두비두밥두비두밥 뛰는 심장을 보고, 곰처럼 질질 걷는 피곤한 너의 걸음걸이가 진동처럼, 나는 어느새 매미가 된 걸까? 잠자리의 눈을 갖게 된 걸까? 나는 하나의…… 절지동물이 되어 버린 걸까?

네온사인에 흐르는 뇌수를 타고
매일 아이러닉한 농담을 던지다가 죽어 버린 친구의 넥타이를 타고
나는 바다로, 바다와 별다름이 없는 항상 이만큼
떨어져 있는
닿지 않고 나의 다리를 부러뜨리는

나의 손아귀
꼬리를 말고 부르르 떤다

진시황의 무덤 발굴 현장에 뿅 하고 나타나, 흙병정들
사이에서 어리둥절 깨어나기 전까지는

점
다가오는 건지 끌려가는 건지
가까워진다 아니겠지 아니겠지
안녕 엄마, 할 새도 없이
잠깐만 기다려 엄마,
보는 순간
반대편?

(무음)
은색 격자의 둥근 달

참수

고통도 없이 햄처럼 잘림을 받아들이는 것이었다

어두움 대신 깜깜할 뿐인 창백한 대낮에 내가 있다
반대편 대신 깜깜할 뿐인 그곳에 여전히 내가 있다

이 경고문을 다음에도 보시겠습니까?

뭔가 잘못된 게 틀림없다
나 아직 여기 있다고
여기는 어디지
나는 어둠조차 차지하지 못하는
차지도 뜨겁지도 밝지도 어둡지도 비어 있지도 차 있지
도 않은 눈을 뜨지도 감지도 않은 그러나 말, 소리 나시 않
지만 말이 있는 것은 확실하다. 소리가 말을 하고 있다. 이
렇게. 이렇게. 말만이 있다. 소리는 진동시킬 것이 없고 나
올 곳도 없어 생성과 동시에 소멸되지만 누군가가 기록하
고 있다. 소멸되는 것을 나의 기억만이 기록하고 있다. 엄마
한테 알려 줘야 돼. 나 지금 여기 있다고. A에게 말해야만
해. 나 여기 있다고. 여기에. 있다. 여기에. 있다. 여기에 있

다. 여기에. 있다. 태어나며 집어삼켜지는 소리를 전달할 방법이 없다. 놀라움도, 발작적인 당혹스러움도, 모조리 기억 속에만 기록된다. 기록은 존재할 곳이 없는데도 존재한다. 나와 기억은 같은 존재인가? 그러나 나는 새로운 기억을 기록한다. 그러니 기억과 나는 다른 존재다. 그러나 기억은 어디에 있고 나는 어디에 있는가. 여기에. 있다. 여기에. 있다. 여기에. 여기에. 있다. 소리만이 있는 곳에. 소리가 들리지 않는 곳에. 불이 켜지지도 꺼지지도 않는 곳에. 내 소리가 들려? 내 소리가 들려? 내 소리 들려?

강남이 무너진 날

크레인이 일제히 고개를 젓는다 도망가

진원지 없는 바람이 불어오고
땅속에서 눈 없는 얼굴이 입을 연다
뒤에는 어제 새벽 5시부터
파업 한 시간 일하고 두 시간 쉬겠습니다
소용돌이치는 땅으로 여자들이 비처럼 뛰어내렸다
꼭대기에서 동생을 찾는다 지금 어디야

너 지금 어디에 있어

끌려가듯 빠져 내리는 강남

나는 너는

머리가 많이 길었다

눈 앞과 뒤 위와 아래의 것이 발밑으로 꺼진다
가까운 것도 먼 것도 멈추지 않고
엄마가 갑자기 터뜨리는 울음

냉장고 양쪽 문을 활짝 열고 날갯짓할 때 치받는 열기

나 말고 아무도 모르는 새 자꾸 기어 나오는 흰자

입을 막고 전화를 끊고 울음

아니 나 괜찮아

나 괜찮아

그랬어야 하는 것이다

우리 다 알았어야 하는 것이다

오늘 다 무너질 거라고 모르는 사람이 아무도 없었던 것
처럼

알고 모르고와는 상관없이

천천히, 규칙적으로, 아무렇지도 않게, 당연하게도

아무도 모르는 사이

우르르 빨려 들어간다

아무 예고도 없이

아무 예고도 없이

너 지금 어디에 있어

미아

0보다 조금
큰 기울기일 뿐인데
마찰이 없는 곳에
엉덩이를 대자마자
큰일이다
큰일이다
큰일이다

시간은 마찰 없는 기울기
부유하는 애벌레와 함께
마찰 없는 수많은 발로 선을 끌어안고

큰일이다
큰일이다
큰일났다
큰일났다

엽서에 담긴 파리에서 탈출하는 방법

나는 백 번 엄마를 구하려고 했고 백 번 다 구하지 못해서
어느 날 눈물을 흘리며 고백했다
엄마, 도저히 엄마를 구할 수가 없어
엄마는 마그마에 빠지고 빌딩에 깔리고 땅속으로 꺼졌다
벽이 집어삼켰다

그 여자는 누구니? 당신

당신의 엄마야

나는 거부한다

나는 날 수 있는 사람이야

나는 파리까지 날아갔다 자전거 안장에 서커스 단원처
럼 앉아서

공중전화 부스들과 함께 날아갔다

파리에 도착하니 파리는 모두 엽서 안에 있었다 기가
막혔다

여기서 허비할 시간이 없는데

요원은 나의 눈을 스캔했다

차 뒤에 엽서를 싣고, 나도 싣고, 모두가 다 사라져 버린
교외의 흙빛 길을 달렸다 길은 포장이 잘되어 있고, 집들
도 다 파스텔톤이었지만, 그것들은 색깔이 없는 누런색에
뒤덮여 있었다

나는 엄마를 구해야 돼.
엽서에서 탈출해야 돼.

나는 여왕벌에게서 로열젤리 보석도 훔치고, 적혈구와도
싸워 봤지만, 엽서에서 탈출하는 것은 다른 별에서 자석이
고장 났을 때보다도 막막한 일이었다

우리는 버려진 연구소에 도착했다

논밭은 푸르고 흙은 물을 잔뜩 머금어 검고 싱싱하고 진득진득했다 이제까지 본 모든 것들 중에 가장 건강했다

여기는 보시다시피 유원지로 탈바꿈하는 중입니다 뭐 귀신의 집이랑 수련원을 합친 것 같은 거죠

수련원에 대해서 까마득히 까먹고 있었는데……

그러고 보니 논밭에는 귀신 분장을 한 알바들로 가득했다 조명 없이 그냥 빤한 자연광에서 보니 태극 마크같이 흰색 빨간색 파란색으로 페이스 페인팅을 한 그들의 얼굴이 퇴근길 진흙에 엉킨 물풀처럼 답답하고 숨막혀 보였다 그들은 치어리더 같기도 하고 무당 같기도 했다 색깔이 너무 정돈되지 않은 게 아닌가 너무 발랄한 것 아닌가 싶었지만 조명이 어둡거나 붉거나 보라색이거나 하면 무서울 것도 같았다

막상 연구소 안은 놀랍도록 깨끗해서 논밭과 밖의 울긋 불긋한 색깔이 뭐였는지 잘 기억이 나지 않았다

중앙 연구실은 크고 넓고 창문이 없었는데도 자연광이 들어왔다 한눈에도 워크 스테이션이 서른 개 넘게 있고, 청 담동 요리교실처럼 스테이션마다 반짝반짝하는 후드가 달 려 있다 통풍이나 살균용인 줄 알았는데 그냥 장식이라고 한다 거대한 현미경은 네 명이 들여다봐도 충분할 정도였 다 스테이션마다 인턴들만 가득하다

여기서는 뭘 하는 건가요?

아이고 잘 아시면서 그러세요
그건 비밀입니다

나야말로 아이고였다

말은 어디서 와서 어디로 가는가

1

● "작가님, 이메일 보셨죠? 저희 '살아가는 것의 슬픔' 꼭지 있잖아요. 이사가 이번 주제예요. 작가님이 평소에 쓰시던 글이랑도 진짜 잘 맞을 것 같고." 나는 짜증이 옅게 스치는 작가의 표정이나 "아, 네." 공기 반 말 반의 비웃음이 감춰지지 않은 추임새를 듣고 이건 아닌데, 단추를 잘못 끼웠네, 했지만 오히려 그럴수록 한번 나오기 시작한 말은 낙수처럼 끊이지 않고 태연히 밀려 나온다. "제가 오기 전에 사전 찾아봤는데, 이사한 첫해에 열리는 박은 남과 나눠 쓰지 않는다면서요? 옛날 속담들 참 재밌어요, 그죠? 저는 첨 들어 보는 속담인데 작가님은 들어 보셨어요?"

○ 나는 내가 그와 같은 사전을 썼으며 (아마도 그도 네이버 국어사전에 검색을 했을 것이므로,) 내가 강박적으로 '이사'를 검색해 보았을 뿐만이 아니라, 그와 똑같은 속담을 보았고, 똑같이 옛날 속담 참 재밌다 생각했으며, '이사'의 상위어에 '이동', 그리고 비슷한 말에 '퇴거', '집들이', '전거', '이주', '낙향', '망명', '이거'가 있으며 그것도 모자라 그 말들을 써 놓고 각각의 이동 방향이 '밖'인지 '안'인지 화살

표를 그려 보았다는 사실 때문에 그가 한 말들이 출판사 직원으로서 충분히 할 수 있는 인사치레인데도 짜증이 치밀어 올랐다. 중요하지 않은 비밀을 굳이 헤집히기라도 한 양 치욕스러웠다. 말주변 없는 나를 배려해 조금이라도 더 견딜 만한 미팅을 하려고 나름의 노력을 한 것일 텐데. 거기까지 생각이 이르자 짜증이 가시기는커녕 죄책감까지 더해져 마음이 더 언짢아진다.

● "어, 점심은 드셨어요?" 하고 가방에서 서류를 꺼내면서 슬쩍 올려다본다. 한번 올라온 짜증은 쉽게 가실 것 같지 않아 보였다. 옵션을 잠깐 저울질해 본다. 계간지 이번 호에 실릴 그의 글에 대한 미팅이기만 했다면 이대로 그냥 빨리 마무리할 수 있을지도 모른다. 그러나 다음 호 관련 언질을 주어야 했고, 무엇보다 작년 말 신인상을 받은 사람이므로 올해 상반기 안에 새 시집이 나올 것이다. 내 업무라고 할 수는 없지만 어쨌거나 오늘 코멘트가 달린 원고를 전해 주는 것은 나이기 때문에 괜히 기분이 어긋난 채로 미팅을 하고 싶지는 않았다. 내 업무와 내 업무가 아닌 것의 구분은 이런 식이다. 내 업무가 아닌 것을 나에게 맡

기고, 수틀리면 책임은 내가, 그러나 내 업무가 아니므로 일이 잘 풀려도 나에게는 어떤 크레딧도 주어지지 않는다. 왜 원룸 월세, 관리세, 전기세, 병원에 매달 들어가는 돈, 이런 것들이 이럴 때 약속이라도 한 것처럼 머릿속에 넘실대는지 모를 일이다. 마치 미팅을 망치면 그런 삶의 세를 치르는 일에 차질이라도 생길 것처럼. 마치 이것이 망칠 수 있는 일이기라도 한 것처럼. 망칠 것이 뭐가 있겠는가. 내가 해야 할 일은 이번 호의 한 꼭지의 주제가 '이사'니 그에 관한 원고지 10~15매 정도의 짧은 에세이를 써 달라, 다음 호에는 신진 작가 특집이 있으므로 시 두 편을 미리 부탁드리며, 주제는 따로 없으나 마케팅의 일환으로 현재 편집 작업 중인 시집의 표제작 「나는 노인도 아니고 바다도 아니지만」을 실으면 좋을 것 같은데 어떠신지, 그러니까 다른 시도 나이 들어 가는 것이나 바다에 관련된 것이 좋겠다, 편집부 올림, 그런 것들이다. 오차가 나면 안 될 일도, 애초에 오차가 있을 일도 아니다. 그러나 그 간단한 전달이 돌덩이처럼 무겁다. 작가는 나랑 비슷한, 아니 오히려 나보다도 더 을일 뿐인데. 갑을이야 상대적인 것임을 알면서도, 한번 나는 을일까, 생각이 드니까 모든 행동이 실에 꿰인 것처럼 부자연스럽다. 작가님, 점심은 드셨어요 하기에는 시간이 너무 애매하다. 오후 4시. 아니, 벌써 물어봤던가? "작가님, 무슨 일 있으세요?"

○ 나는 일곱 살 때 엄마와 뉴질랜드로 가게 되었다. 이사 가게 된 것이 아니고, 가게 되었다. 가게 되었으므로, 이사를 해야 했을 뿐이다. 가는 것과 이사하는 것은 별개의 일이다. 이사는 가게 된 일의 결과, 실행 계획, 찌꺼기일 뿐이다. 설레기도 하고 조금 두렵기도 했지만 가는 것은 아무래도 좋았다. 아니, 떠나는 것은 항상 좋았다. 어디로 가는지는 별로 상관이 없었다. 그렇지만 이사하는 것은 고통스러운 일이었다. 내가 피와 살로 되었음을 대대적으로 리마인드해 주는 것. 나는 이사가 정말 싫었다. 이삿짐을 꾸리면서 나오는 것들에 구역질이 났다. 평소에 쓸 때에는 얌전히 제자리를 차지하던 것들이 이사할 때만 되면 두 배로 무겁고, 두 배로 구질구질하고, 두 배로 쓸모없이 느껴졌다. 전 애인의 물건을 정리해 버릴 때에는 슬픔, 증오, 기쁨, 시원함, 섭섭함 따위의 감정에서 오는 일말의 쾌감이라도 있지, 자신의 물건을 정리한다는 것은 혐오스러운 일이다. 그

걸 미리 알았다면 일곱 살 때 나 자신에게 조금 관대했을 텐데. 씻어도 미끌거리는 비누통, 변기 청소용 긴 솔, 욕실 청소용 짧은 솔, 새것은 두고 닳은 것만 써서 너덜너덜 만신창이로 더러운 매직스펀지, 수없이 삶아 부드럽지 않은 수건과 속옷, 등이 갈라진 책들, 그을리고 녹은 자국이 있는 국자, 모아 놓은 비닐, 모서리가 흐물흐물한 쇼핑백, 여러 번 타서 거뭇거뭇한 냄비들, 짝이 맞지 않는 수저, 스트레이너 한쪽이 부서진 수저통, 언젠가 쓸까 하여 찬장 구석구석 끼워 놓은 찐득한 플라스틱 통들, 비대칭으로 마모되고 접힌 곳마다 때가 낀 신발들, 먼지가 앉은 가구, 구슬, 레고, 팽이, 앨범이든 박스든 삐져나올 정도로 많은 편지와 사진, 오랫동안 함께 누워 있었던 죽은 벌레들, 모든 것에 기스가 나 있고, 짐을 쌀 때면 기스는 수술대에 오른 것처럼 더 깊게 눈에 띄었다. 어느 순간부터 나는 술을 마시면서 짐을 싸게 되었다. 나는 무슨 일 있냐는 이 사람의 말에, 구구절절 송구함과 처연함을 피력하고 싶은 욕망에 사로잡힌다. 나에게 이사는 '이사'가 아니라 짐을 싸고 푸는 거라고, 나의 삶은 이사에서 이동이 제거된, 짐을 싸고 풀고 싸고 다시 푸는 것의 반복이었다고.

● 네. 네. 맞아요. 그럼요. 그렇게 할까요. 그게 좋을 것 같네요. 그런가요. 음. 네. 그러니까요. 네. 아니요. 이건 그렇게 하는 게 나을 수도 있겠네요. 네, 아무래도 그렇죠. 그러면 저희야 편하죠. 네. 네. 네. 미팅은 생각했던 것보다는 훨씬 부드럽게, 기계적으로 진행되었다. 작가는 무슨 일이 있냐는 내 물음에 잠시 머뭇거리더니 마치 다른 사람이 된 것처럼 눈웃음을 치며 아뇨, 무슨 일은요. 지하철에 사람이 너무 많아서 잠깐 멍 때렸네요, 죄송해요, 했다. 미팅은 그렇게 끝이 났다. 작가는 먼저 일어났고, 나는 저는 좀 정리하고 갈게요, 했다. 작가나 나나 여기를 벗어나고 싶어 하는 것은 분명했다. 아니, 뭔가 더 말하고 싶어 하는 것 같기도 했다. 그는 항상 그런 것인지 오늘따라 그런 것인지, 주섬주섬이라고 말하기엔 급하고 단숨에라고 말하기엔 미련이 남은 것 같은 움직임으로 펜을 가방에 넣고 뭔가를 뒤적뒤적했다. 가방 안을, 굳이, 지금, 조금이라도 정리를 해야만 하는 사람처럼. 그러나 그런 생각을 하기가 무섭게 일어나 조금이나마 머뭇거린 시간을 후회한다는 듯, 내 뒤의 어딘가를 향해 환하게 웃으며 "조심히 가세요." 하고 뒤도

돌아보지 않고 걸어간다. 그가 60~70편이면 충분할 시집에 250편의 시를 보낸다든가, 작품의 편차가 너무 심하다든가, 하는 것은 이미 직원들 사이에서 유명했다. 혀를 차는 편집장 옆에서 그도 그 250편의 시, 1000장에 달하는 원고를 타르륵 넘겨 보았다. 그것은 마치 어떤 괴물을 의인화한 것 같았다. 사람들이 없는 체하고 사는, 굳이 들춰 보지 않는, 있어도 굳이 쳐다보지 않는, 그런 괴물 같은 것들. 나는 가방의 지퍼를 닫으며 약간의 안쓰러움을 느꼈다.

○ 저녁 약속까지는 시간이 조금 남는다. 나는 걷기로 한다. 저녁은 오랜만에 보는 친구와 먹었다. 친구는 이런 저런 말들을 했다. 너 맘대로 써. 너 원래 그랬잖아. 전후좌우 없이, 내일이 없는 것처럼. 우리는 각자의 스타일에 어떤 열등감과 동시에 확실한 우월감을 느꼈다. 평소와 다른 날은 아니었다. 원고를 청탁받고, 친구와 저녁을 먹고, 서로 잘 모르는 것에 대해서 몸을 사리면서도 마구잡이로 얘기를 하는 것. 별것 아닌 대화의 우연에 자신을 끼워 맞추면서 머릿속에서 굴려 보고 불안해하고, 미워하고, 기뻐하고, 즐거워하고.

● 나는 차로 돌아와 숨을 한번 몰아쉬었다. 바깥바람은 시원한데 오후의 긴 태양에 달궈진 차의 시트가 오히려 참을 수 없이 뜨거웠다. 글이 뭐길래 사람을 저렇게 신경 곤두세우도록 하는지 나로서는 모를 일이다. 나는 시동을 걸고 에어컨을 켜고 B에게 전화를 걸었다. 4시 50분 도착이라고 했던가? 이미 내리고도 삼십 분은 되었을 것 같은데 전화를 받지 않는다. 연착되었나? 비행기 도착 정보를 찾아볼까 하다가 귀찮아서 그만둔다. B는 자신이 태어난 집에 부모님이 아직도 살고 계시고, 자신의 방이 그대로 있다고 했다. 어렸을 때의 방이 거기 있다니. 그렇다고 해서 B가 아직 거기 살고 있는 것도, 그가 이사해 본 경험이 없는 것도 아니다. 심지어 B는 이사업체에서 일하고 있다. 상관있는 일은 아니지만. 나는 B가 가진 것이 많다고 생각한다. 집이라고 부를 수 있는 곳이 있다니. 내 집은 내가 가장 오래 살았던 곳인가? 내가 가장 오래 살았던 곳은 할머니 집이었던가? 아, 아니, 내가 살았던 곳 중에 가장 오래 존재했던 집이 할머니 집이다. 재건축하긴 했지만 할아버지가 돌아가시기 전까지 아마 40년 정도, 어쩌면 60년은 되

었을지도 모른다. 그곳에는 이제 공장이 있다. 대학을 졸업하고 나는 가족들로부터 좀 떨어진 곳으로, 혼자 살 수 있는 곳으로, 둘이 살기 위한 곳으로, 다시 혼자 살 수 있는 곳으로 이사를 해 왔다. 우선순위에 따라 잃을 수밖에 없는 것들도 있었지만 그래도 그때마다 내 우선순위에 확신이 있었다. 조금 나은 삶을 영위할 수 있을 거라는 불가항력적이고 불합리한 믿음.

　○ 거주를 목적으로 부동산을 소유하는 일이란 파트너를 가지는 일과 비슷해서 일단 소유하고 나면 유혹이나 욕심이 줄어든다. 자극에 덜 반응하고, 자극을 덜 찾게 된다. 욕심이 줄어든다고 해서 사라지는 것은 아니다. 오히려 길들여 온 만큼 그것들은 생각지도 못한 순간에 폭발할 때가 있다. 몸이 없었다면 이사할 필요가 없었을 것이다. 몸이 없었다면 어떤 일도 없었을 것이다. 짐을 싸고, 이사업체를 알아보고, 이삿날을 잡고, 집 청소를 하고, 오클랜드 교외의 텅 빈 집에서 이삿짐이 오기를 기다리고, 짐을 풀고, 짐속에 아빠의 물건이 있을까 조마조마해하고. 그럴 일이 없었을 것이다. 이사란 비선형 식의 적분과 비슷하다. A에서

B로 갔다가 A로 다시 돌아온다면 위치는 그대로지만 일은 직선거리 두 배 이상을 했을 것이다. 궤적만이 의미를 가진다. 나는 내가 한곳에서 그다음 곳으로 이사를 하게 된 이유 (혹은 한 파트너에서 다음 파트너로 넘어가게 된 이유)를 적어 보았다. 리스트를 보고 생각해 보니 이유가 다 달라도 결국은 떠나기 위해서였던 것 같다. 어디로 가는지보다는 어디에서 벗어나는지가 중요했다. 도착지는 토핑에 불과했던 것이다. 나는 잠깐 이것이 정상적인 사고방식인지 궁금하다. 다른 사람들은 어떻게 살고 있는 걸까? 고기 냄새를 풍기며 지하철을 탄다. 나는 사실 이미 쓰고 싶은 글이 있었다. 머릿속에 대충 형태도 잡혀 있다. 그것은 몸으로부터의 이사다. 그러나 자꾸 부풀어 오르는 생각의 실체는 그 글을 쓰는 것이 아니라 그 글을 실행하는 것이다. 아니, 실행한다는 생각으로 글을 써야 하는 것일까? 아니, 실행할 것을 글로 옮기는 것뿐이다. 실행하지만 않으면 그만이다. 그러나 물론 실행한다는 믿음을 가진 상태여야 했다. 물론 나는 그렇게 리터럴한 인간이 아니다. 나는 작가일 뿐이므로 호기로운 마음은 그저 마음일 뿐, 바글거리는 머리를 끌어안고 책상에 앉아서 '몸으로부터의 이사'에 대한

'글'을 쓰게 되겠지. 그러나 오늘따라 짙은 패배감이, 이번에야말로 본때를 보여 주겠다는 불순하고 간지러운 생각이 된다. 그것은 나를 감고 있던 억울하고 못생긴 마음의 끝이 될 것이다.

● B가 일하는 이사업체는 국제화물을 주로 취급했는데 이번에 맡은 큰 이사는 대만으로 가는 것이라고 했다. 화가로 추정되는 의뢰인의 스튜디오 짐을 싸는 데만 해도 아트 핸들러 두 명과 B가 일하는 이사업체 인부 세 명, 화가의 어시스턴트 한 명, 총 여섯 명이서 꼬박 8일이 걸렸다. 각자의 분야와 기준이 조금씩 달랐기 때문에 조율에 오랜 시간이 걸렸다. 이를테면 어시스턴트에게 제일 중요한 것은 작품의 분류다. 작게는 박스부터 박스가 고정되는 작은 크레이트, 그리고 그 작은 크레이트가 들어가는 더 큰 크레이트까지 각각의 컨테이너에 어떤 작품이 있는지 섬네일과 이름, 카테고리, 제작 연도를 인쇄해 붙이는 것이 그의 일이었다. B와 회사의 입장에서는 (고객의 클레임을 피하고 이윤을 최대화하기 위해) 작은 크레이트를 큰 크레이트에 테트리스처럼 잘 끼워 맞추는 것이 중요한데, 분류자 입장에

서는 당연히 분류된 대로 적재되는 것이 낫다. 일단 끼워 맞춰진 이후에 다시 꺼내게 되면 일을 두 번 하는 것이기 때문에, 이 부분에서 자꾸 마찰이 생기기 마련이다. 고객은 최대한 짧은 시간 내에 (적은 돈으로) 일이 해결되기를 바라고 그것은 노동비를 지출하는 회사도 마찬가지다. 시간과 수당, 부피당 가격과 부피당 가치 식의 지배 아래에 모두가 무력하다. 최대한 빠르게, 최대한 작은 부피로, 최소한의 가격으로, 최적의 분류로. 당연하게도 이것은 생각보다 어려운 일인데 작은 크레이트가 큰 크레이트에 들어가는 과정에서 유동적인 변화가 많이 생기기 때문이라고 한다. 마지막에 빠지기도 하고, 하나가 더 들어가기도 하는데, 이런 크레이트들은 상황에 따라 언제 다시 열릴지 알 수 없기 때문에 이런 식으로 유실되거나 '유실된 줄' 알았던 작품들이 종종 생기곤 한다. 가끔 최종_최종_최종.hwp와 진짜최종_최종.hwp, 김정현_오늘이 다 가기전에_최종본.hwp 중에서 뭐가 더 최종인지 다시 한번 읽어 보는 수밖에 없는 것과 비슷하다. 분명히 그때는 나중에도 알아볼 수 있게 파일명을 붙인 것 같은데, 몇 개월은커녕 몇 주만 지나도 헷갈렸다. 이런 점에서 우리의 일은 비슷하다고 나는 생각했다. 하지만 B와 나는 정반대의 사람이다. B는 이런 식이다. 이사를 하면 모든 짐을 한쪽에 밀어 놓는다. 그리고 당장 필요한 것만 꺼내서 당장 필요한 일을 한다. 만약 당장 필요한 것이 아니라면 박스들은 다음 이사까지 그 자리에 그대로 있을 것이다. 나는 자정에 호텔에 들어가 잠만 자고 체크아웃해야 하더라도 들어가자마자 여행용 가방에 있는 옷들을 다 옷걸이에 걸어 놓고, 치약과 칫솔은 화장실에, 책은 침대 옆 낮은 탁자 위에, 컴퓨터는 책상에 (충전기도 끼우고) 속옷은 서랍 안에 (한번 닦고 나서) 넣어 놓는 사람이다. 뭐, 적어도 B를 만나기 전까지는 그랬다.

○ 그러던 중 앱 속에 펼쳐 놓은 소설에서 다음과 같은 구절을 읽었다. "불타면 이렇게 되는구나. 색이 없어져."* 빨간 모자를 모티프로 쓴 스릴러소설에서 산불이 옮겨붙어 타 버린 집을 보며 주인공 중 하나가 하는 말이었다. 색이 없어진다는 것이 주는 만족감. 명도와 질감으로만 된 세상. 그것은 조금 덜 혼란스러울 것이 분명했다. 이거야. 색을 없

* 김지연 소설, 『빨간 모자』(고즈넉이엔티, 2019), 60쪽.

애는 것. 이것이 내가 찾던, 몸으로부터 이사할 수 있는 방법이었다. 그것이야말로 완전한 소멸이자 새로운 탄생이 될 것이다. 한번 여기에 생각이 미치자 모든 것이 아다리가 맞았다. 나는 몸을 태우고, 색을 없애고, 완전히 소멸할 것이다. 나는 그것이 끝이 아니라 몸 밖으로의 완전한 이사를 뜻한다고 확신했다. 이것이야말로 어떤 궁극적인 이사가 될 것이다. 그러나 몸을 태운다는 게 말이 그렇다는 거지 실제로 쉽게 할 수 있는 것이 아니다. 불에 태운다는 건 말도 안 되는 일이다. 그렇다면 색깔이 없어질 때까지 블리치되는 것은? 그것은 책상이 물결로 보일 때까지 술에 절여지는 것 같은 비행이나 비정상에 연고를 두고 있는 일이다. 뭐, 적어도 B를 만나기 전까지는 그랬다.

2

◎ 저녁 먹었어?

○ 아니 아직 너는 뭐 먹고 싶어?

◎ 내가 맥캘란 가져왔어 그거 마시자 나 돈 하나도 없

으니까 5만 원만 보내 줘 택시 타고 갈 거야

○ 그래 나 좀 나갔다 올게 혹시 도착하면 먼저 들어가 있어

문을 열었을 때에 B의 피부가 효모의 호흡을 따라 눈에 띄지 않을 정도로 세밀하게, 그러나 확실히 부풀어 오르기 시작했다. 후욱. 부글. 미지근하지만 분명하게 뜨거운 미생물의 숨. 그들이 숨을 거두면 코를 찌르는 달콤한 시체의 냄새. 지방이 익는 아득한 감각. 설탕이 타는 저릿한 연기. B는 뭐라고 뽀글뽀글 말을 했지만 여느 때처럼 나는 B의 말이 들리지 않았다. 굳은 버터가 녹아 흘러내린 틈으로 켜켜이 바스라지는 플레이크, 차갑고 부드러운 무스, 눈에 산미가 도는 젤리, 적당한 농도의 단단한 크림, 혈관 속의 아이싱, 뼈를 이루는 캐러멜. 그는 이제 그것들을 섞어 말랑하게 굳힌 것. 그의 입술은 글레이징한 체리 같고, 그의 눈에는 젖과 꿀이 흐른다. 처음엔 누구라도 불러야 하나 싶었다. 그러기엔 너무 애매한 시간이다. 누군가 오더라도 괜한 의심만 사게 될 것이다. 나는 입을 다물었다가 열며

그의 얼굴을 베어 먹는다. 1000개의 나뭇잎이라고 했던가. 입에서 그의 볼이 아찔하게 부서진다. 지방의 부피와 망각적인 맛이 혀를 찌른다. 차가운 초콜릿 무스와 산딸기 잼. 복숭아 크림과 백향과 젤리. 화이트 초콜릿 가나쉬와 오렌지 커드. 나는 손과 발을 잊고, 주소를 잊고, 가을과 잠을 잊고, 혀두더지가 되어 거대한 디저트를 파고든다. 혀만 남아 먹는다. 찢고 갈고 짓이기고 쩨고 깨고 핥고 녹이고 부수고 가르고 개고 자르고 칠하고 밀고 섞고 치대고 적시고 쪼개고 휘젓고 돌리고 으깬다. 온전히 밖으로 나오는 것도 온전히 안으로 들어가는 것도 없다. 안팎으로 줄줄 흘러내리기 때문이다. 보드라운 결을 찢고 침과 섞어 다시 반죽을 만든다. 머랭이 석회 가루처럼 바스라지고 침이 석회를 갠다. 더 묽고 덜 묽은 것들이 어느새 한 몸이 되어, 어느새 액이 되어 목구멍을 넘어간다. 침이 목구멍을 넘어간다. 이빨과 입술 사이로 한때 설탕, 계란, 밀가루, 버터였던 것들이 밀려 나온다. 이에 달라붙었다가 떨어져 나갔다가 젖과 꿀과 침과 엿이 흥건한 덩어리들의 바다에 빠졌다가 수평선을 넘는다. 가락, 가락, 가락, 숨을 헐떡인다.

분해되는 그가 나를 압박이라도 하는지 끈적끈적한 눈 뒤가 뜨겁게 차오른다. 환하게 빛나는 불이 꺼진 듯 김을 내뿜으며 바스락바스락 변해 가던 순간이 끝나고 그는 왜 가장 아름다운 순간에 나를 구토 나게 하는지 모를 일이다. 홀리듯 빛나는 설탕물이 흐르는 그의 짓이겨진 몸이 시멘트처럼 나를 짓눌렀다. 별 하나의 압력을 받는 하나의 빵처럼, 겉에서도 나를 짓누르고 안에서도 나를 바깥으로 압박해 와 마치 풍선 안의 풍선 같은 꼴이었다. 온몸이 부풀어 오르는 동시에 짜그라드는, 눈과 코와 발이 구분되지 않는 시간이, 시간과 나의 내장들이 뒤섞인 긴 긴 밤이 시작되었다.

젖은 무거운 머리카락. 나는 자는 동안 먹고 먹는 동안 잤다. 자는 동안 구워졌을 것이며 구워지는 동안 잤을 것이다. 스테이플러로 덧대어 찍어 놓은 천을 뚫고 들어오는 어두운 빛.

여느 때와 같이,라는 말은 여느 때가 아닐 때에만 생각나는 법이다. 여느 때가 아니므로 얇은 종이 한 장의 어긋

난 기분이 관절 사이로 비집고 들어온다. 나는 푹신푹신한 바닥을 밟고 커튼을 걷고 창문을 연다. 푹신푹신한 것은 바닥이 아니라 내 발이다. 오른발을 들자 가득 들어찬 일정한 크기의 세밀한 공기구멍이 스펀지처럼 제자리로 돌아간다. 발가락을 꼼지락꼼지락하자 먼지 같은 케이크 가루가 보슬보슬 떨어진다. 나는 바람에도 바스라진다.

3

● 잠을 설쳤다. 토요일인 것이 다행이다. 한 발짝도 움직이고 싶지 않다. 휴대폰을 열어 B에게 전화를 건다. 받지 않는다. 다시 건다. 역시 받지 않는다. 나는 설명할 수 없는 이유로, 아마도 통화 목록에서 B 바로 밑에 있는 이름이었으므로, 작가에게 전화를 한다. 받으면 무슨 말을 해야 하지. "여보세요?"

너는 시

나는 또 증발하고 있다
내가 모르는 새 시, 조금씩
나는 너에게 보여 주기 위한

시

읽는 사람의 몫이 대부분인
가장 무대뽀의 도둑 심뽀의
일
내가 구운 향기 나는 빵을 먹으며 내

시

한 편을
읽어 주겠니
오늘

너는 상

상 너머 움직이는 그림자로서의 너
그림자 없는 주인으로서의 너
터럭이 나무 위로 삐죽삐죽 대고 있다.
이제 마지막 레몬색 늦여름의
은행나무 여린 꼭대기 가지에
앉아 보려고 한 가지에서 허우적 다른 가지에서 허우적
은행에게는 너무 무거워 발을 자꾸만 헛디디고 긴 날개를
왼쪽으로 펼쳤다 고개를 내렸다 대각선으로 쳐들었다 딛고
섰다 날갯짓을 한다
그래도 어떻게 거기 앉아 있다. 수북한 은행 레몬 사이에
삐죽삐죽
거대하게, 거꾸로 뒤집힌 양,
무겁고 어색하게, 그러나 어떻게든
거기 앉아 있다.
은행이 조금 더 레몬을 맺고, 물방울이
철제 난간에서 벽을 만든다
영화 상영이라도 하는 것처럼
허옇고 대중없이 가깝고 먼 하늘에
새들이 움직일 때만 직선의 삼각형 두 쌍이 퍼뜩,

가장 중요한 일인 양,
조금은 힘겹게 거기 떠서 날아갈 때
직선으로 솟아올랐다, 비선형으로 다른
면을 탈 때, 먼 대각선으로 헤엄칠 때,
짧은 머리와 긴 꼬리와 삼각형 두 개,
상에서 나온다, 문득
불쑥 은행 레몬 속에서

너는 아름다운 미라가 될 거야 자기야

검은 베젤에 비친 상이 유령처럼 피어오른다
텅 빈 거울 앞에서 나는 어디까지를 보려고 했던 걸까
나는 빛의 성질을 과신하고
메뚜기 떼를 배신하고
찔리지 않은 요란하고 찬란한 심장으로
은빛 쟁반에 받쳐져 바쳐져
낡아 빠진 신발에 들어 있는
낡아 빠진 수족이 음란하게 춤춘다
나이 들면 다 그렇게 되는 거였는데
왜 그리도 칠판을 긁고 분필 가루를 날리며
쓸쓸함을 추억했을까

죽으면 세계가 좁아져
검은 호수, 푸른 바다, 뜨거운 태양 대신
검은 손 푸른 연기 베젤에 비친 상이 뜨거운 눈으로 그
의 죽은 눈을 덮는다

아마, 죽은 게 더 잘됐을 거야
너는 아름다운 미라가 될 거야 자기야

나는 너의 살결이 뼈에서 떨어질 때까지 쓰다듬고, 너는 유령처럼 자유로워질 때까지 아무도 기억하지 못할 때까지 활활 불타오를 거야

무제, 1966, 김환기

푸르고. 초록의 빛이 떠나기 전 보내 주면 되는데
다 잡고 있다가 그것은 재가 되어 버렸다
빛나는 날의 추억이 땅속을 기어들어
텅 빈 공간을 차지할 수 있기를
손가락이 색깔이 숨이 모양이
그러나 모두 바랜 한 폭이 되어 버렸다
빛 대신 남은 한 폭의 그림만이

어두운 회색의 파랑 그 곁에 거친 울트라마린 앙상하게
마른 빛이 반사되지 않는 까만색 자주색과 까망이 10퍼센
트 들어간 빨강 얽힌 선

노랑 곁에 스며든 물이 많은 남색의 자국
남색에 고동색 물이 많은 검은 미소
한쪽으로 치우쳐진 마음 반달이 또 반으로 잘린 모양
그 밑에서 고개를 내미는 코발트의 안개달
그 위를 떠가는 검고 푸른 물구름 그 아래의 노랑,
어느 쪽으로도 치우치지 않은 물이 많은 노랑

백야

새해가 밝, 발, 밝, 박, 았습니다 눈보다 손이 먼저 부셔요 손보다 찌르르 젖은 마음이 부셔요 너를 입(에 넣)고 굴릴 때 혀가 먼저 부셔요 부셔요 부셔요 시고 부신 너(들)

구름이 해를 찢어 놓습니다 갈래의 해도 하나의 해이니 하얗게 얼어 영원히 젖은 파도만이 꾸역꾸역 다가옵니다 해도 구름도 파도도 쉬지를 않네요 어떻게 된 일인지 참 우리는 집이 없어요 갈래에 무리에 보라에 잠깐 머물까요 우리? 해 해 해는 너무 밝, 밝, 발, 박나요? 나는 그들 그들 그들 그들이라고요 너는 잘 모르겠지만 나도 잘 모르니까 우리 서로 아는 체는 말아요 아니 우리 누일 데 없는 몸을 해 위로 겹쳐요 차가울수록 두께 없는 높은 탑을 쌓을 수 있어요

사위어 가는 사이의 모든 것들의 트랜스 오늘도 오지 않는 오늘 사이의 올 해를 제멋대로 바칠 거야 비출 거야 사이의 해 사이에는 해멋대로 굴 거야 우리는

소년도 소녀도 아닌
오차도 찰나도 아닌

이름을 불러 주세요
이름을 부르지 마세요
안은 여러 개지만 밖은
하나예요 이제 같은 길은
없어요

뾰족한 모래 위 몸 둘 곳 없어 정처 없이 없었던 집을
헤매는 발 디딜 데 없는 얕고 짙은 물자국 속 뒤섞인 발자
국 겹쳐진

몸

맘
그 위로
성난 파도
올 해 올 해 다른 올 해를 신고
그러니 다른 생각 말고
맘을 드시오
오른쪽 왼쪽에서 밀려드는
바람과 바다의 못 말리는 키스

그러니 다른 생각 말고
몸을 나누시오
당신이 누구라도 상관없어
올해의 입을 그들과 맞추시오
맘을 내어 주시오
어찌 맘을 곱게 접었겠소
그러니

걱정 말고
미어진 맘을 맡기시오

그대여

널 뭐라고 부를까

너는 소녀였니
너는 어린아이였니
우린 한 번이라도 애였니
나는 소녀였니
우린 어린 소년일까
나의 어린 그대여
아직 오지 않은
널 뭐라고 부를까

너는 놀이터에 떨어진 케이크
너는 찢어진 편지
너는 나의 찢어진 입술
너는 나의 찢어진 기집애
나는 매일 여기로 돌아와

별 별
깜빡

봄 봄
안아 줘
얼른
얼른

8일이 걸렸어

너의 목소리가 풀처럼 귀에 붙어
건너편의 불빛이 깜박이고
까만 불빛이 켜지면 오늘도
너 없는 어제도
빽빽한 어둠이 섣불리 찾아와도
팔짱 낀 너의 품속을

구름 뒤에 발가락이 시려
아름다운 너를 안고 기다려
케이크에 꽂힌 초
다시 깜빡거리기를 우리 이제
웃음을 지어 보낼게

너는 달리다 말고 돌아와

걱정 마
걱정 마
떨어진 것들 내가 하나하나

그 길의 끝에 내가 다른 몸으로
너를 안아 줄게

알 수 있어 아직도
떨어지는 너를
한 아름

걱정 마
걱정 마

기어 올라가니까
나랑 키는 다 바닥에 두었어

다른 너랑 나를 상상해
너와 함께 뒤에 남겨 둔

걱정하지 마
기분 풀어
마음껏 놀자
너에게서만 피는 아지랑이

악마의 눈을 가진 소년이라고
아무도 너에게 말하지 않을 거야
나랑 놀지 말라는 엄마의 말을
너도 듣지 않을 거야

모래에 처박힌 케이크
나는 너를 사랑했던 거야
모래에 처박힌 케이크
아직까지 걸어가는 거야

너의 자락에서

달려가

달려가

비규정을 향한 탈피의 시

소유정(문학평론가)

받아쓰는 몸

시란 무엇인가. 이 난해하고도 거대한 범주의 질문 앞에 선 늘 쉽게 입을 뗼 수가 없다. 우리가 의미화할 수 있는 개체 가운데 가장 무궁무진한 사유를 이끌어 낼 수 있는 것 중 하나가 바로 시가 아닐까. 읽는 이와 쓰는 이 모두에게 저마다 다른 감각으로 시는 비로소 말할 수 있는 것이된다. 잘 알려져 있듯이 김수영에게 시란 온몸으로 밀고 나가는 것이었다. 생성에의 고통을 끌어안고 혼신의 힘으로밀고 나가야 하는 것, 그것이 바로 그에게는 시라고 말할만한 것이었다. 그런가 하면 여기 막 첫 번째 시집을 펴낸한 시인에게 시란 이런 것이다.

거의 대부분의 시간을

떨어지지 않는 것들을

격자에 맞추어

알아들을 수 있도록

찢어 떼어 놓는 데 쓰고 있다

—「시」

이 상태와 행위야말로 그에게는 진정한 시, 그 자체다. 표현이 다를 뿐 이는 김수영의 시론과 같은 맥락 안에 있다. 떨어지지 않는 어떤 것, 의미화되지 않은 덩어리를 "알아들을 수 있도록" 언어화하는 데에 적지 않은 시간을 할애하는 이 과정은 생성의 고통을 감내하며 나아가는 김수영의 시와 결이 다르지 않기 때문이다. 게다가 온몸으로 행해진다고 밖에는 말할 수 없는 면모들이 시집의 말미에 해당하는 5부에서 발견되기도 한다. 이에 대해서라면 이후의 전개에서 밝힐 것이므로 우선 절정에 치닫기 위한 노력의 시작을 먼저 짚어 보아야 할 것이다.

시집 1부에 있는 한 글자 또는 두 글자 제목의 시를 보자. 이 시편들은 대개 반복적인 이미지를 제시한다. 힘차게 우는 매미 소리로 가득한 생동감 있는 여름의 풍경이 그렇다. 그러나 이것이 전부는 아니다. 곧장 시선을 떨구면 조금 전의 장면과는 사뭇 다르게 "발아래 시체가 가득하다" (「걸 기」)는 사실을 깨닫고 마니 말이다. 지금 울고 있는 저 매미들과 다르지 않았을 발밑의 시체를 밟지 않으려 애쓰며 화자는 여름을 보내는 중이다. 아주 가까이에 놓인 생과 사의 존재라는 것 말고도 매미는 최재원의 시에서 중요한 의미를 갖는다. 수록된 시 중 「시케이다 소나타」가 있듯 어쩌면 이 시집 전체가 매미 울음소리로 이루어진 소나타라고도 할 수 있을 테다. 이 소리들을 시로 감각하기 위해서라면 시적 화자처럼 매미의 생태를 이해하려는 시도가 필요하다. 우선 계절부터 살펴보면 어떨까. 여름은 그 뜨거운 햇볕처럼 우리에게는 1년 중 한가운데에 해당하는 시간이지만 매미에게라면 다르다. 아직은 조금 더 기다려야만 하는 땅속의 존재들이나 생의 마감을 앞두고 있는 지상의 매미들에게도 여름이 끝난다는 건 올해가 다 지나는 것과 다름없는 까닭이다. 그렇기에 "올해가 간다/ 갈 줄도 모르고"(「때」)와 같은 한여름의 말은 그들의 생애를 알고 있기 때문에 가능한 중얼거림이다. 이해가 깊어질수록 매미의 울음소리는 '나'에게 더 생생하게 다가온다. 그러나 이 소리는 알아들을 수 있을 정도로 구체화된 것은 아니다. 그저 "사그라지지 않는 소리"(「올 해」)로 끊임없이 이어질 뿐이다. 좀처럼 줄어들지 않고 높아만 지는 소리가 울려 퍼지고 사건이라 할 만한 일이 벌어지는 건 「FULL VOLUME」에 다다라서다.

마침내 그 일이 일어났다

결국 그 일이 일어나고야 말았다

반복해서 찢기고 납작해져
낙엽과 구분되지 않는 것도 밟지 않으려고
여름 내내 땅만 보고 다녔는데
타악 타악 날다가 갓 떨어진
몇 번의 소리와
몇 번의 날갯짓이 그 안에
아직 남아 있을
풀 볼륨의 그 녀석을
그서석버서석콰직쿠지직끼약꽥콰지지직
너무 놀라 그 자리에서 우리의
몸이 뒤바뀌고 말았다
저……

여기부터는 뒤바뀐 그들이 남긴 말

——「FULL VOLUME」

　"타악 타악 날다가 갓 떨어진"몸 안에 아직 "몇 번의 소리와/ 몇 번의 날갯짓이" 남아 있을 매미의 몸이 밟히는 순간에 나는 소리는 이전에 들었던 어떠한 소리보다도 강렬하게 느껴진다. 충격은 이에 그치지 않고 "너무 놀라 그 자리에서 우리의/ 몸이 뒤바뀌고 말았다"는 비현실적인 사건

216

으로 이어진다. 여기서 우리가 주목해야 할 것은 마지막 행이다. "여기부터는 뒤바뀐 그들이 남긴 말"이라는 전언으로 인해 이후의 시에서부터는 단지 소리로만 감각되었던 매미의 울음소리가 인간의 언어로 치환되리라는 것을 알 수 있기 때문이다. 이는 소리 그 자체로서는 "떨어지지 않는 것"을 "알아들을 수 있도록/ 찢어 떼어 놓"겠다는 것으로, 소리를 언어로 만들고 시로써 기록하고자 하는 시인의 의지를 엿볼 수 있는 서술이기도 하다. 소리에 집중하고 있는 시편들이 시집 곳곳에 산재해 있으나 정확히 어떤 시에서 사람의 입을 빌린 매미가 화자로 등장하고 있는지를 구분하기란 어렵다. 최재원의 시에서 화자를 구별하려는 시도보다 더 중요한 것은 '나'의 신체가 소리를 언어화하기 위해 공유되고 있다는 사실이며, 이것이 비단 나와 매미 사이에서만 일어나는 일이 아니라는 것이다. 풀 볼륨으로 들려오던 소리들은 여름날의 매미 소리뿐만 아니라 이미 '나'의 내면에서도 울려 퍼져 왔으니 말이다. "내 몸속에는 백 명의 아이가/ 시끄럽게 떠들고 있는데/ 나는 단 한 명분도/ 살아 내지 못하고 발가벗긴 침묵 중"(「저글링」)이라는 서술처럼 '나'의 안에는 계절을 막론하고 떠들어 대는 목소리들이 있다. 흥미로운 점은 '우리'로 지칭되는 이들이 "소년이었다 소녀였다"(「저녁시소」)하며 이분법적인 성별의 굴레에 갇히지 않으려 한다는 것이다. 그들은 '나'를 단 하나의 존재로 규정하는 모든 것들에 대한 귀속을 거부한다. '나'가 하나의 온전한 존재가 되기 위해 기꺼이 잠재워져야 할 다른 소리들을 낮추지 않는다. "아직도 태어나는 중"이라는 「저녁시소」에서의 서술 역시 그러한 이유에서일 것이다. 이 모든 소리를 담아내는 말들 또한 아직 태어나는 중일 테다. 짓밟히는 순간에야 온몸으로 소리를 내는 발아래 시체처럼 한 사람의 몸 안에 남아 있는 말은 아직 끝나지 않았다.

벗어나는 몸

시적 화자의 몸이 공유되고 있는 상황에 대해 조금 더 살펴보자. 앞서 이야기한 것처럼 최재원 시의 화자는 하나의 성으로 규정할 수 없는 젠더퀴어(Genderqueer)이며 세부적으로는 때로는 소년이었다가 소녀이기도 한 양성적 혹은 중성적 젠더 정체성을 가진 안드로진(Androgyne)에 가깝다. 그런데 이들이 공유하고 있는 몸은 생물학적 지정 성별을 가진 육체이다. 그러므로 몸이 어느 한곳에 범주화된다는 사실을 화자가 자각할 때마다 부조화가 일어난다는 점에 주목할 만하다. 시적 화자의 지정 성별은 여러 시편에서 발견되는 "누나"라는 호칭과 "휜자"(「냉」)로 지칭되는 여성 분비물의 언급으로 볼 때 여성이라 짐작된다. 그런데 단지 여성의 몸 때문만이 아니라 여성이기에 받는 제약 앞에서 화자가 느끼는 부조화는 더욱이 극심하게 나타난다. 가

령 "배란기니까 조심해야 돼"(「흰자만 자꾸 나온다」)와 같은 말을 들을 때, 이 말의 청자는 여성뿐이다. 조심해야 하는 주체마저 다른 이를 향하지 않는다. "우리가 든 차를 몰고 샛길로 빠"지는 봉고차 아저씨는 애초에 주의가 필요한 대상에 포함되지 않았다. 이처럼 오직 여성이기에 감당해야 하는 불합리를 마주할 때마다 화자의 몸에선 나사가 풀려 나온다. 어느 구멍에서 떨어지는 것인지도 모른 채 양손을 채우고도 모자랄 만큼 끊임없이 쏟아지는 모양새다. 「나사가 자꾸자꾸 떨어진다」, 「나사를 버리지 못하는 사람」 등의 시편에서 반복되는 이러한 이미지는 상징적인 의미에서의 몸의 해체에 가깝다. 몸을 이루고 있는 연결 고리를 풀어냄으로써 '우리'를 여성이라는 하나의 정체성으로 규정하려는 신체로부터 벗어나려는 시도로 읽어 낼 수 있는 것이다. 최재원의 시에서 포착되는 탈신체의 욕망은 사회적인 규범 아래 학습된 억압에서 비롯된 것이기도 하지만, 시적 화자 개인의 기억과도 긴밀한 관계를 맺는다. '나'의 의지와는 상관없이 필요에 의해 오해를 받았던 어린 날의 기억이다. 「자수」를 보자.

제가 바로 하늘색 HB 샤프심을 훔친 도둑입니다. 저를 용서해 주실 수 있으시겠습니까?

아무 소리도 들리지 않아 고개를 들어 아저씨의 얼굴을 올려다보니 그는 도둑맞은 사람치고는 너무 환한 미소를 지으며 엄마를 바라보고 있다. 당황한 것이다. 그곳에서 당황하지 않은 사람은 당당하고 은은한 위엄을 가지고 주인아저씨를 내려다보던 엄마밖에 없었다. 나의 압도적인 비참은 쏟아진 국처럼 모두를 얼룩지게 하여, 주인아저씨와 아이들은 기대하던 비열한 즐거운 대신 몸 둘 곳을 모르게 되었다.

그러나 한자리에서 이십몇 년을 장사한 사람답게 주인아저씨는, 아이고, 어떻게 저렇게 대견한 아들을 두셨어요? 하며 아첨하는 사람을 능숙하고 완벽하게 연기했다. 엄마는 도둑 딸이 아니라 대견한 아들로 둔갑한 나를, 내가 있었던 자리를 흐뭇하게 바라보았다.

—「자수」에서

샤프심을 훔쳤다는 사실을 고백하기 위해 찾은 문방구에서 '나'는 도둑과는 어울리지 않을 만큼 "최대한의 기품을 보이"며 자수를 한다. 하지만 주인아저씨와 엄마에 의해 "도둑 딸"이 아닌 "대견한 아들"로 존재 자체가 탈바꿈되면서 자수로 얻은 용서 역시 '나'의 것이 아니게 된다. '나'의 요구에의 욕망이 엄마에 의해 완전히 통제되는 순간이다. 용서 아닌 용서를 받은 기분만큼이나 엄마의 태도에 의문을 갖게 되는 건 당연한 일이다. 왜 엄마는 '나'는 아들이 아니라고 정정하지 않았나? "아첨하는 사람"을 연기하며

'나'를 "대견한 아들"로 여기는 주인아저씨는 오해를 한 것일지 모른다. 그러나 '아들'이라는 지칭에 흐뭇하게 웃어 보이는 엄마의 모습에 그것이 다분히 의도된 방치라는 걸 짐작하기란 어렵지 않다. 물음은 끝나지 않는다. "대견한 아들"이 아니라 "도둑 딸"임을 밝혔다면 거짓으로 점철된 용서마저도 구할 수 없는가? 시적 화자가 행한 "죄인으로서의 고백"은 여자아이의 것이라기엔 너무 비장미가 넘쳤기에 벌어진 일이었을까? 그렇다면 여자아이의 자수란 어떻게 이루어져야 하는가, 그것을 규정할 수 있는 기준이 존재하기는 하는가. 물음의 꼬리가 길어질수록 '나'는 이미 사라져 없고, "내가 있었던 자리"만이 남아 있을 뿐이다.

이러한 까닭들로 인해 최재원의 시적 화자는 어느 성에도 범주화되지 않는 비규정(Non-binary)을 향해 지금의 신체를 벗어나고자 한다. 시의 일부를 빌려 "몸으로부터의 이사"(「말은 어디서 와서 어디로 가는가」)가 적확한 표현일 것이다. "어디로 가는지보다는 어디에서 벗어나는지가 중요"하다는 말처럼 최재원 시의 화자는 이후의 행방보다 지금-여기의 억압으로부터 탈주를 희망한다. 이는 지금보다 "조금 나은 삶을 영위할 수 있을 거라는 불가항력적이고 불합리한 믿음"에 기인하는 것이다. 자기 자신으로부터 비롯된 믿음, 기댈 곳 또한 오직 자신뿐인 이가 행하는 온몸의 이동은 그간 화자가 귀 기울여 왔던 존재의 성장과도 닮아 있다. 제 몸과 꼭 닮은 허물을 남기고 떠나는 매미처럼 몸을 벗어난 자리에는 낯설지 않은 신체만이 남아 있을 것이다. 그렇기에 "내가 있었던 자리"(「자수」)는 더 이상 타인에 의해 존재가 지워진 장소가 아니다. 그곳은 '나'의 선택과 의지로 떠나온 과거의 장소이자 기억이며 정체성이다.

널 뭐라고 부를까

너는 소녀였니
너는 어린아이였니
우린 한 번이라도 애였니
나는 소녀였니
우린 어린 소년일까
나의 어린 그대여
아직 오지 않은
널 뭐라고 부를까

(......)

너는 달리다 말고 돌아와

걱정 마
걱정 마
떨어진 것들 내가 하나하나

그 길의 끝에 내가 다른 몸으로

너를 안아 줄게

──「그대여」에서

시집의 문을 닫는 이 시가 다른 어떤 시보다도 경쾌하게 느껴지다면 착각일까. "몸으로부터의 이사"(「말은 어디서 와서 어디로 가는가」)를 마친 가뿐한 기분이다. 화자는 이제 내면에서 폭발하는 목소리를 더 이상 침묵으로 묻어 두지 않을 것이다. 새로운 몸의 열림으로 그들을 기쁘게 맞이하리라. 때문에 "아직 오지 않은/ 널 뭐라고 부를까"하는 물음은 자신의 내면을 향한 최초의 응답이자 동시에 '나'에게로의 초대를 뜻한다. '나'에게 오는 과정은 쉽지 않을 것이다. 그러나 그는 부서지고 깨질지언정 "그 길의 끝에" 자신이 있을 것이며 "다른 몸으로" '너'를 품겠다는 작지 않은 확신을 안긴다. 이 다정함이 있어 우리는 더 나은 지금과 긍정적인 미래마저도 기약할 수 있게 되었다. 아직 오지 않은 시간을 그리던 중 "새로운 소리가 도착하고야 만다"(「소리」). 새로운 몸을 입은 새로운 '나'와 '너'의 결합으로 갱신될 '우리'가 있는 시가 당도했음을 전하는 반가운 알림일 것이다.

지은이　　최재원

거제도, 창원, 횡성, 뉴욕 그리고 서울에서 자랐다. 프린스턴대학교에서
물리학과 시각 예술을, 럿거스대학교 메이슨 그로스 예술학교에서
그림을 공부했다. 2018년 *Hyperallergic*을 통해 미술 비평 활동을
시작했다. 한영·영한 번역과 감수를 하고 있다.
시집 『나랑 하고 시픈게 뭐에여?』로 제40회 김수영 문학상을 수상했다.

나랑 하고 시픈게 뭐에여?

1판 1쇄 펴냄　2021년 12월 17일
1판 3쇄 펴냄　2022년 4월 11일

지은이　최재원
발행인　박근섭, 박상준
펴낸곳　(주)민음사

출판등록　1966. 5. 19. (제16-490호)
서울특별시 강남구 도산대로1길 62(신사동)
강남출판문화센터 5층 (06027)
대표전화 02-515-2000 / 팩시밀리 02-515-2007
www.minumsa.com

ISBN 978-89-374-0914-1 04810
　　　978-89-374-0802-1 (세트)

• 잘못 만들어진 책은 구입처에서 교환해 드립니다.

민음의 시

민음의 시
목록